Luna caliente

Mempo Giardinelli

Luna caliente

ALIANZA EDITORIAL

© Mempo Giardinelli, 1983, 2009
© Alianza Editorial, S. A., Madrid, 1996, 2002, 2009, 2010
    Calle Juan Ignacio Luca de Tena, 15;
    28027 Madrid; teléfono 91 393 88 88
    www.alianzaeditorial.es
    ISBN: 978-84-206-6927-4
    Depósito legal: B. 16.434-2010
    Composición: Grupo Anaya
    Impreso en Cayfosa, S. A.
    Printed in Spain

SI QUIERE RECIBIR INFORMACIÓN PERIÓDICA SOBRE LAS NOVEDADES DE
ALIANZA EDITORIAL, ENVÍE UN CORREO ELECTRÓNICO A LA DIRECCIÓN:

alianzaeditorial@anaya.es

Para Sergio Sinay
y para Osvaldo Soriano

Primera parte

La muerte es el hecho primero y más antiguo, y casi me atrevería a decir: el único hecho. Tiene una edad monstruosa y es sempiternamente nueva.

ELIAS CANETTI
La conciencia de las palabras

Capítulo 1

Sabía que iba a pasar; lo supo en cuanto la vio. Hacía muchos años que no volvía al Chaco y en medio de tantas emociones por los reencuentros, Araceli fue un deslumbramiento. Tenía el pelo negro, largo, grueso, y un flequillo altivo que enmarcaba perfectamente su cara delgada, modiglianesca, en la que resaltaban sus ojos oscurísimos, brillantes, de mirada lánguida pero astuta. Flaca y de piernas muy largas, parecía a la vez orgullosa y azorada por esos pechitos que empezaban a explotarle bajo la blusa blanca. Ramiro la miró y supo que habría problemas: Araceli no podía tener más de trece años.

Durante la cena, sus miradas se cruzaron muchas veces, mientras él hablaba de los años pasados, de sus estudios en Francia, de su casamiento, de su divorcio, de todo lo que habla una persona que los demás suponen trashumante porque ha recorrido mundo y ha vivido lejos, cuando regresa a su tierra después de ocho años y tiene apenas treinta y dos. Ramiro se sintió observado toda la noche por la insolencia de esa niña, hija del ahora veterano médico de campaña que fuera amigo de su padre, y que lo había invitado con tanta insistencia a su casa de Fontana, a unos veinte kilómetros de Resistencia.

La noche cayó con grillos tras los últimos cantos de las cigarras, y el calor se hizo húmedo y pesado y se prolongó después de la cena, rociada de vino cordobés, dulzón como el aroma de las orquídeas silvestres que se abrazaban al viejo lapacho del fondo de la finca. Ramiro nunca sabría precisar en qué momento fue que sintió miedo, pero probablemente sucedió cuando descruzó las piernas para levantarse, al cabo del segundo café, y bajo la mesa los pies fríos, desnudos, de Araceli le tocaron el tobillo, casi casualmente, aunque acaso no.

Cuando se pusieron de pie para ir al jardín, porque el calor era sofocante, Ramiro la miró. Ella tenía sus ojos clavados en él; no parecía turbada. Él sí. Caminaron, con las copas en las manos, detrás del médico, que ya estaba bastante achispado, y de su esposa, Carmen, quien no dejaba de hablar. Los más chicos se habían acostado y Araceli, decía su madre, era raro que estuviera despierta a esa hora. «Los chicos crecen», dijo el médico. Y Araceli hizo como que miraba algo, al costado, en un gesto que Ramiro interpretó cargado de la intención de que él viera su media sonrisa.

Charlaron y bebieron en el jardín trasero, hasta las doce de la noche. Fue una velada que a Ramiro le resultó inquietante porque no podía dejar de mirar a Araceli, ni a su falda corta que parecía remontarse sobre las piernas morenas, suavemente velludas, impregnadas de sol, que en ese momento brillaban a la luz de la luna. Era incapaz de apartar de su cabeza algunas excitantes fantasías que parecían querer metérsele en la conversación, y que no sabía reprimir. Araceli no dejó de mirarlo ni un minuto, con una insistencia que lo turbaba y que él imaginó insinuante.

Al despedirse, cometió la torpeza de volcar un vaso sobre la muchacha. Ella se secó la pollera, alzándola un poco y mostrando las piernas, que él miró mientras el médico y su esposa, bastante bebidos los dos, hacían comentarios que pretendían ser graciosos.

Cuando se adelantaron para abrir la puerta que daba al patio, a fin de atravesar la casa hasta la calle, Ramiro tomó a Araceli de un brazo y se sintió estúpido, desesperado, porque lo único que se le ocurrió preguntar fue:

—¿Te manchaste mucho?

Se miraron. Él frunció el ceño, dándose cuenta de que temblaba a causa de su excitación. Araceli cruzó los brazos por debajo de sus pechos, que parecieron saltar hacia adelante, y se encogió con un ligero estremecimiento.

–Está bien –dijo, sin bajar la mirada, que a Ramiro ya no le pareció lánguida.

Minutos después, cuando cruzó la carretera y entró al viejo Ford del 47 que le habían prestado, Ramiro se dio cuenta de que tenía las manos transpiradas, y que no era por el agobiante calor de la noche. Entonces fue que se le ocurrió la idea que no quiso pensar ni por un segundo: apretó varias veces, violentamente, el acelerador, hasta que no dudó que había ahogado el motor. Con rabia, y ahora sin apretar el pedal, hizo girar en vano el arranque. El motor se ahogó más. Repitió la operación varias veces, empecinado, furioso, haciendo un ruido que se fue apagando junto con la batería.

–¿No arranca, Ramiro? –preguntó el médico desde la casa. Ramiro pensó que ese hombre, ya borracho, era un estúpido por preguntar algo tan obvio. Con un gesto exagerado, y secándose el sudor de la frente, salió del coche y dio un portazo.

–No sé qué le pasa, doctor. Y me quedé sin batería. ¿No me daría un empujón?

–No, hombre, quedate a dormir y listo; mañana lo arreglamos. Además es tarde y hace demasiado calor. Y en el viaje a Resistencia se te puede descomponer de nuevo.

Y sin esperar respuesta caminó hacia la casa y empezó a ordenar a su mujer que le prepararan a Ramiro el dormitorio de Braulito, el mayor de sus hijos, que estudiaba en Corrientes.

Ramiro se dijo que acaso se iba a arrepentir de su propia locura. Se preguntó qué estaba haciendo. Dudó un instante, petrificado sobre el camino de tierra. Pero capituló cuando vio a Araceli, en la ventana del primer piso, mirándolo.

Capítulo 2

El cuarto al que lo destinaron también quedaba en la planta alta. Después de rechazar la invitación a tomar otra copa, y de despedirse del matrimonio, Ramiro se encerró en el dormitorio y se sentó en el borde de la cama, hundiendo la cabeza entre las manos. Respiró agitado, preguntándose si era el verano chaqueño, el calor, lo que lo ponía tan caliente. Pero no era eso: debió admitir que no podía olvidar el color de la piel de Araceli, ni la insinuación de sus pequeños pechos duros, ni su mirada que ahora dudaba si había sido lánguida o seductora, o las dos cosas.

Sí, se dijo, las dos cosas, y se apretó el sexo, erecto, dolorosamente endurecido, como si estuviera por romper las costuras del pantalón. Se sintió enfebrecido. Tenía la boca reseca. Le dolía la cabeza.

Debía ir al baño. Quería ir, para ver... Cuando abrió la puerta de la habitación, el pasillo estaba a oscuras. Se detuvo un momento, recostándose en la jamba, para acostumbrarse a la penumbra. A su izquierda había dos puertas cerradas, que supuso serían del matrimonio y de los niños; una tercera estaba entreabierta y desde adentro llegaba la tenue luz de un velador. Supo que era el cuarto en cuya ventana había visto la figura recortada de Araceli. Una cuarta puerta dejaba ver un lavatorio blanco. Se metió en el baño lentamente espiando la habitación iluminada, pero no pudo verla.

Se sentó en el inodoro con los pantalones puestos y se estiró el pelo hacia atrás. Sudaba y la cabeza no dejaba de dolerle. Buscó una aspirina tras la puerta con espejo que había sobre el lavatorio. Tomó dos y luego se lavó las manos y la cara, durante un largo rato, refregándose los ojos. No podía pensar. Pero enseguida se dio cuenta de que no quería hacerlo, porque algo le decía que ya sabía lo que iba a pasar, su propia ansiedad le anunciaba una tragedia. El miedo y la excitación que sentía lo bloqueaban y sólo podía escapar actuando, sin pensar, porque la luna del Chaco estaba caliente esa noche, y el calor era abrasador. Porque el silencio era total y el recuerdo de Araceli era desesperante y su excitación incontenible.

Salió del baño, cruzó el pasillo, volvió a espiar, no alcanzó a verla y se encerró nuevamente en su dormitorio. Se tiró sobre la cama, vestido, y se ordenó dormirse. Perdió noción del tiempo y al rato se desabotonó la camisa; dio vueltas sobre la colcha y cambió de posición un millón de veces.

Le era imposible dejar de pensar en ella, de imaginarla desnuda. No sabía qué hacer, pero algo tenía que hacer. Fumó varios cigarrillos, muchos de ellos dejándolos a la mitad, y finalmente se puso de pie y miró su reloj. La una y media de la mañana. ¿Qué estoy haciendo?, se preguntó, debo dormir. Pero abrió la puerta y volvió a asomarse al pasillo.

El silencio era absoluto. De la puerta entreabierta de la habitación de Araceli, ya no salía la luz; apenas el resplandor de la luna caliente que ingresaba por la ventana y llegaba, mortecina, al pasillo. Se sintió desconcertado; se reprochó su fantasía. Los chicos crecen, pero no tanto. Sí, lo había mirado mucho, deslumbrada, pero no por eso con la intención de seducirlo. Era muy chica para eso. Debía ser virgen, obviamente, y toda la malicia de la situación estaba en su propia cabeza, en su podrida lujuria, se dijo. Pero también pensó se ha dormido, la yegüita seductora tuvo miedo y se durmió. Lo impresionó la rabia que sentía, pero en su estómago hubo algo de alivio. Cruzó hacia el baño, diciéndose que regresaría luego a dormirse, y en ese momento escuchó el sonido de la muchacha revolviéndose en la cama. Se dirigió hacia la puerta entreabierta y miró hacia adentro.

Araceli estaba con los ojos cerrados, de cara a la ventana y a la luna. Semidesnuda, sólo una brevísima tanga apretaba sus caderas delgadas. La sábana revuelta cubría una pierna y mostraba la otra, como si la tela fuese un difuminado falo que merodeaba su sexo. Con los brazos ovillados alrededor de sus pechos, parecía dormir sobre el antebrazo izquierdo. Ramiro se quedó quieto, en la puerta, contemplándola, azorado ante tanta belleza; respiraba por la boca, que se le resecó aún más, y enseguida reconoció la erección paulatina e irreversible, el temblor de todo su cuerpo.

Si dormía, ella se despertó fácilmente de un sueño intranquilo. Hizo un movimiento, sus pechitos se zafaron de la cobertura de sus brazos, y se acostó boca arriba. De pronto, miró hacia la puerta y lo vio; rápidamente se cubrió con la sábana, aunque su pierna derecha quedó destapada y reflejando el brillo lunar.

Estuvieron así, mirándose en silencio, durante unos segundos. Ramiro entró en la habitación y cerró la puerta tras de sí. Se recostó en ella, acezante, dándose cuenta de que su pecho se alzaba y luego bajaba, rítmica, aceleradamente. Temblaba. Pero sonrió, para tranquilizarla; o de tan nervioso. Ella lo miraba, tensa, en silencio. Él se acercó lentamente hacia la cama y se sentó, sin dejar de mirarla a los ojos, penetrante, como si supiera que ésa era una manera de dominar la situación. Estiró una mano y empezó a acariciarle el muslo, suavemente, casi sin tocarla; sintió el leve estremecimiento de Araceli y apretó su mano, como para hundirla en la carne. Se reacomodó sobre la cama, acercándose más a ella, conservando esa especie de sonrisa patética que era más bien una mueca, tironeada por ese súbito tic que le hacía palpitar la mejilla izquierda.

–Sólo quiero tocarte –susurró, con voz casi inaudible, reconociendo la pastosidad de su paladar–. Sos tan hermosa...

Y empezó a acariciarla con las dos manos, sin dejar de mirarla, ahora, a todo lo largo de su cuerpo y siguiendo con su vista el recorrido de sus manos, que subieron por las piernas, por las caderas, se juntaron sobre el vientre, treparon lenta, suavemente, por el tórax hasta cerrarse sobre los pechos. Ella temblaba, petrificada.

Ramiro la miró nuevamente a los ojos:

–Qué divina que sos –le dijo, y fue entonces que advirtió en ella el terror, el miedo que la paralizaba. Estaba a punto de gritar: tenía la boca abierta y los ojos que parecían querer salírsele de la cara.

–Tranquila, tranquila...

–Yo... –moduló ella, apenas en un suspiro–. Voy a...

Y entonces él le tapó la boca con una mano, conteniendo el alarido. Forcejearon, mientras él le rogaba que no gritara, y se acostaba sobre ella, apretándola con su cuerpo, sin dejar de manosearla, besándole el cuello y susurrándole que se callara. Y enseguida, espantado pero enfebrecido por su apasionamiento, empezó a morderle los labios, para que ella no pudiera gritar. Hundió su lengua entre los dientes de Araceli, mientras con la mano derecha le recorría el sexo, bajo la bombacha, y se exaltaba todavía más al reconocer la mata de los pelos del pubis. Ella sacudió la cabeza, desesperada por zafarse de la boca de Ramiro, por volver a respirar, y entonces fue que él, enloquecido, frenético, le pegó un puñetazo que creyó suave pero que tuvo la contundencia suficiente para que ella se aplacara y rompiera a llorar, quedamente, aunque insistía «voy a gritar, voy a gritar», pero no lo hacía, y Ramiro la dejó respirar y gemir y le bajó la tanga y se abrió el pantalón. Y en el momento de penetrarla, ella soltó un aullido que él reprimió otra vez con su boca. Pero como Araceli gimoteaba ahora ruidosamente volvió a pegarle, más fuerte, y le tapó la cara con la almohada mientras se corría largamente, espasmódico, dentro de la muchacha que se resistía como un animalito, como una gaviota herida. Hasta que Ramiro, embrutecido, ahuyentando una voz que le decía que se había convertido en una bestia, destapó la cara de la muchacha sólo unos centímetros, para horrorizarse ante la mirada de ella, lacrimógena, fracturada, que lo veía con pavor, como a un monstruo. Entonces volvió a cubrirla y a pegar trompadas sordas sobre la almohada. Araceli se resistió un rato más. Para Ramiro no fue difícil contenerla, y poco a poco ella se fue aquietando, mientras él miraba por la ventana, impasible, sin comprender, y se decía y repetía que la luna estaba muy caliente, esa noche, en Fontana.

Capítulo 3

No supo cómo llegó hasta ahí, pero cuando se dio cuenta estaba junto al Ford, respirando todavía agitadamente. Abrió la puerta y se sentó al volante. Pero se notó todavía demasiado nervioso; no podía manejar. Estaba completamente confundido. Encendió un cigarrillo y vio la hora: las dos y veinticinco.

Chupó el humo con fruición una o dos veces. Se dijo que necesitaba un largo trago de algo fuerte; era indispensable que aclarara sus ideas. La primera de ellas era obvia: huir. Araceli había dejado de resistirse, como cayendo en un sueño aletargado, y él ya no recordaba nada. No se había quedado a comprobar la muerte; le aterraba sentirse súbitamente un asesino.

Pero huir no era todo. ¿Adónde iría? Al Paraguay, se dijo, en tres horas estaría en la frontera. Cruzaría y al día siguiente vería qué hacer, con más calma. Podría llamar a algunos amigos, explicarles... ¿Qué? ¿Qué podía explicar de esa espantosa noche, de su ominosa conducta? Mejor sería desaparecer; cambiar de nombre, de identidad, cruzar el Paraguay rumbo a Bolivia; o ir al Brasil, hundirse en la selva amazónica.

Estoy loco, se dijo. ¿Y si me entrego? Era la posibilidad más leal, claro. La más, paradójicamente, humana y acorde consigo mismo: enfrentar a la ley. Podía, debía, ir en ese mismo instante a buscar un abogado que lo acompañara a la policía. Lo meterían, preventivamente, en una celda en la que podría dormir. Dormir..., eso era todo lo que quería hacer en ese momento. Olvidarse de su inconsciencia, de esa brutalidad que él desconocía en sí mismo y que ahora le repugnaba recordar.

Pero no se entregaría, no, no podía aceptar la idea del repudio de la gente, de su familia, de sus amigos que sólo tres días antes, al regresar al Chaco después de ocho años, lo habían recibido con el antiguo cariño, con esa especie de admiración que produce, a los provincianos, el que un coterráneo haya recorrido el mundo. Él era un joven abogado egresado de una universidad francesa, doctor en jurisprudencia, especializado en Derecho Administrativo, que muy pronto iba a incorporarse a la Universidad del Nordeste como profesor. No concebía la idea de tener que mirar a su madre a la cara, sabiéndose un asesino. Y el escándalo social que se produciría, no, entregarse le resultaba intolerable.

Entonces..., sí, podía matarse. Encaminar el Ford, ese enorme carromato de ocho cilindros, convertido en un gigantesco, brilloso y restaurado ataúd de dos toneladas, a cien kilómetros por hora por el puente que cruzaba el Paraná hasta Corrientes. En lo más alto, un kilómetro después de la caseta de peaje, era cuestión de dar un violento volantazo. El coche rompería, a esa velocidad, las barandas de acero. Y caería, en un salto de cien metros, a la parte más profunda del río. Seguro, no podría sobrevivir... ¿No podría? ¿Y si acaso...? No, pero ése no era el problema. Sencillamente, no tenía valor para matarse. O no quería hacerlo. Si de algo estaba seguro era de que no se mataría. Al menos, conscientemente.

Bueno, se dijo, encendiendo otro cigarrillo, entonces lo único concreto en este momento es que tengo que huir. Y si voy a hacerlo, no hay mejor opción que rajarme al Paraguay, porque en Corrientes, en Misiones o en cualquier provincia me agarrarían mañana mismo. Encima, con este coche indisimulable.

Decidió que sus próximos pasos serían pocos y veloces: pasaría por su casa a buscar otra camisa, recoger todo el dinero que pudiera, sus documentos, una botella de ginebra o algo bien fuerte y saldría a la carretera. En la ruta, cargaría nafta y no pararía hasta Clorinda.

Cruzaría el río y se iría a Asunción. Se metería en un hotel y dormiría, dormiría todo lo que quisiera. Después..., después volvería a pensar.

Colocó la llave en la ignición y, en ese momento, espantado, sintió que se orinaba cuando una mano se posó en su hombro.

Capítulo 4

–Ramiro... –el hombre lo zarandeó un poco.

Ramiro se dio vuelta; del otro lado de la ventanilla estaba el médico, mirándolo con una sonrisa. Tenía los ojos vidriosos, aguachentos, y aspiraba entre dos dientes, con fuerza, sacándose un resto de comida. Olía a vino tinto, a decenas de litros de vino tinto.

–Doctor... –Ramiro hizo una mueca; no supo si quiso que fuera una sonrisa–. Me asustó.

–¿Tenés un cigarrillo, hijo?

–Sí, claro –se apresuró a ofrecerle el paquete. Después le pasó el encendedor.

–No podía dormir –dijo el médico, tosiendo con fuerza; luego se aclaró la garganta–. El calor es insoportable. Jé..., pero yo todas las noches me escapo.

Ramiro se desesperó: los borrachos, cariñosos, son doblemente pesados. Se preguntó dónde habría estado el hombre durante..., bueno, durante lo que pasó. Evidentemente, no había visto ni escuchado nada. ¿Y si era una trampa? No, por borracho que estuviera, el tipo hubiese reaccionado de otra forma, no pidiéndole un cigarrillo. Pero, como fuera, él debía irse. Urgentemente.

—Ya me iba.

—¿Se arregló el coche? —el médico se recostó contra la ventanilla, y le hablaba tirándole su aliento asqueroso a la cara. Fumaba, con un pie apoyado en el zocalito de la puerta.

—Sí, creo que sí —se apuró, encendiendo el motor—. Debía estar ahogado.

—Llevame a dar una vuelta. Vamos a Resistencia, te acompaño, y allá nos tomamos un vinito en «La Estrella».

—No, doctor, es que...

—Que qué —enojado, le dio un golpecito en el hombro—. ¿Me vas a despreciar la invitación?

El hombre se apartó del coche, estuvo a punto de caer al suelo, mantuvo el equilibrio y caminó, inestable, por delante del coche y se metió por la otra puerta. Resopló al desplomarse en el asiento.

—Vamos —dijo.

—No, doctor, es que después no voy a poder traerlo. Tengo que devolver el coche. Es de Juancito Gomulka.

—¡Carajo, ya sé que es de Gomulka!

—Pero tengo que devolverlo.

—No importa, me dejás por ahí. Me vuelvo a pata, tomo un micro, qué carajo, yo quiero tomar un vinito con vos. Por tu viejo, ¿sabés? Yo lo quise mucho a tu viejo —pareció que iba llorar—. Lo quise mucho...

–Ya lo sé, doctor.

–No me llamés doctor, ché, decime Braulio.

–Está bien, pero...

–Braulio, te dije que me digas Braulio... –y la voz se le apagaba en un eructo. El hombre estaba hecho una laguna de alcohol.

–Vea, don Braulio: créame que no puedo llevarlo. Tengo que hacer.

–¿Qué mierda tenés que hacer a esta hora, ché? Son como las... ¿Qué hora es?

–Las tres –mirando el reloj, Ramiro se sintió despavorido. Era indispensable llegar a Clorinda antes del amanecer; no quería cruzar de día. Y aún le faltaba pasar por su casa, recoger el dinero, los documentos...

–Bueno, poné primera y vamos.

Ramiro arrancó, resignado, diciéndose que en Resistencia se desembarazaría del médico; ya encontraría la forma. Mientras, tenía que pensar bien sus pasos, para no perder más tiempo.

–Me alegra mucho verte, pibe –el otro hablaba arrastrando las palabras. Sacó una pequeña botella de vino. Ramiro se preguntó si ya la tenía en la mano o si la llevaba en el bolsillo del pantalón. Se fastidió porque se dio cuenta de que sería invitado y, al negarse, el médico se enojaría–. Mierda, cómo lo quise a tu viejo... Tomá un trago.

–No, gracias.

–Puta madre, mírenlo al abstemio. ¡Tomá, te digo! –y le encajó la botella en la cara. El coche se desvió unos metros. Ramiro pudo mantener la estabilidad.

—Gracias —dijo, tomando la botella.

La acercó a sus labios, pero sin dejar que entrara en su boca ni una sola gota. No era vino lo que necesitaba. Y además, era mejor no tomar. Iba a manejar de noche. Y quería estar lúcido para pensar. Cuando le devolvió la botella, decidió que no le vendría mal saber algo de las recientes actividades del médico.

—¿Y usted, doctor, por dónde anduvo? Creí que se había ido a dormir.

—Todas las noches me escapo. Carmen es una vieja imbancable; dormir con ella es más feo que tragar una cucharada de mocos.

Rió de su chiste.

—Aguantarla es más difícil que cagar en un frasquito de perfume —entusiasmado, se reía, hipando, procazmente—. La pobre está gastada como chupete de mellizos.

Siguió riéndose. Era una risa repulsiva.

—¿Y adónde va?

—¿Quién?

—Usted. Cuando se escapa.

—Me pongo en pedo.

—¿Y esta noche qué hizo?

—Te lo estoy diciendo, chamigo: me puse en pedo. Yo soy claro en lo que digo, ¿o no? Los hombres, hombres, y el trigo, trigo, como decía Lorca.

–Si, pero dónde toma. No lo escuché.

–En la cocina. En mi casa siempre hay vino. Mucho vino. Todo el vino del mundo para el doctor Braulio Tennembaum, médico clínico, mención honorífica de mi generación en la Facultad de Medicina de Rosario –se sonó la nariz, con la mano, y se la limpió en los pantalones– ...que vino a parar a este pueblo de mierda.

Ramiro aceleró al llegar al pavimento. El Ford bramaba en la noche, quebrándola; los ocho cilindros respondían perfectamente. Gomulka era un gran mecánico, se dijo, llegaría a tiempo a Clorinda. Se preguntó, repentinamente alarmado, si los papeles del coche estarían en regla, pues debía cruzar el río Bermejo para entrar en la provincia de Formosa, y ahí había un puesto de Gendarmería. Se estiró al costado, buscó en la guantera y los encontró. Todo marcharía bien. Pero debía desprenderse de Tennembaum.

–¿Y Araceli, ché? –preguntó éste.

Ramiro se crispó, alerta. No respondió, pero supo que el otro lo miraba.

–Está linda mi hija, ¿eh? Va a ser una mujer del carajo.

Ramiro apretó el volante y se mantuvo en su empecinado silencio. Ya se veían las luces de Resistencia.

–Si alguna vez alguien le hiciera daño –continuaba Tennembaum–, yo lo mataría. A quien fuera, lo mataría.

Ramiro recordó las convulsiones de Araceli bajo la almohada, la energía que se le fue acabando, aquella sensación de gaviota herida e insumisa que había cedido a su presión. Sintió un escalofrío. Por el rabillo del ojo, vio que el médico lo miraba fijamente. Se sobresaltó. ¿Y si sabía? ¿Y si esto era una trampa y así como había sacado una botella de vino, ahora Tennembaum sacaba un revólver? Sintió náuseas, un fuerte mareo.

Frenó el coche y se salió de la ruta, estacionándose a un costado. Abrió bruscamente la puerta y sacó la cabeza, para vomitar.

–Te sentís mal –dijo el médico.

–¡Puta madre! –gritó Ramiro–. Es obvio, ¿no?

Y se quedó un rato así, con la cabeza inclinada. Sacó un pañuelo del pantalón y se limpió la boca. Pero siguió en esa posición, diciéndose que más que nada lo que tenía era miedo. Y que si se trataba de una trampa y el médico sabía lo de su hija, mejor que lo matara ahí mismo y chau.

Capítulo 5

El patrullero se estacionó detrás del Ford, y sobre el techo se le encendió un reflector cuyo haz dio directamente en Ramiro y en el médico. Tennembaum se echó un largo trago de vino, inclinando la cabeza hacia atrás.

–¡Carajo, deje esa botella y quédese quieto!

–Me cago en la policía.

–¡Pero yo no, pelotudo de mierda! –bramó Ramiro, en voz baja, gutural, quitándole la botella de las manos y tirándola al piso del coche–. ¡Quiere que nos caguen a balazos!

–No se muevan –les advirtió una voz, desde el patrullero. Era una voz serena, casi suave; pero autoritaria, muy firme.

Dos policías bajaron por las puertas traseras. Ramiro los observó por el espejo retrovisor. Un tercero abrió la puerta delantera derecha. Los tres rodearon velozmente al Ford, con las armas gatilladas. Dos portaban escopetas de caño recortado –Itakas, se dijo Ramiro– y el de adelante, que parecía mandar el operativo, debía tener una pistola 45, la reglamentaria.

–Mantengan las manos a la vista, por favor, y no hagan ningún movimiento sospechoso. Están rodeados.

–Todo en orden, oficial –dijo Ramiro, en voz alta, que procuraba parecer calma y segura–. Proceda nomás.

El policía se acercó a su ventanilla y miró dentro del coche. Ramiro se imaginó que los otros dos debían estar en las sombras, apuntándolos. Y el cuarto, el que manejaba, ya debía estar en contacto con el comando radioeléctrico. En cualquier momento podía aparecer una tanqueta del ejército. Así le habían contado que se vivía en el país, desde hacía un par de años.

–Dígame dónde tienen los documentos –dijo el oficial–; sin moverse.

–Yo tengo la cédula en mi cartera –dijo Ramiro–, en el bolsillo trasero del pantalón.

Los dos esperaron que el acompañante hablara. Tennembaum parecía dormitar.

–Es el doctor Braulio Tennembaum, de Fontana –explicó Ramiro–. Está borracho, oficial. Parece que se durmió.

–Bájese, por favor –el policía abrió la puerta con la mano izquierda, sin dejar de apuntarlo con la derecha. Era, en efecto, una 45. El oficial siguió–: Y ahora quédese parado y con las manos en alto.

Entonces llamó a otro de los policías, quien repitió la operación, para lo cual tuvo que sacudir a

Tennembaum. Éste se bajó en completo silencio y también quedó a un par de metros del coche, con las manos levantadas.

El oficial revisó las cédulas de identidad de ambos, mientras el otro policía hurgaba dentro del coche, bajo los asientos y las alfombrillas, del lado oculto del tablero, en la guantera y en el baúl trasero.

Al cabo el oficial preguntó:

—¿Por qué se detuvieron?

—El doctor Tennembaum y yo nos sentimos mal. Y aunque yo no tomé ni una sola copa, fui el que se descompuso —y señaló su vómito junto al automóvil—. Perdone...

—¿Qué tengo que perdonarle?

—Eso, lo que acaba de pisar.

El oficial se sorprendió. Dio un par de taconazos sobre la tierra. Ramiro pensó que en otra circunstancia se hubiera sonreído.

—Deben tener más cuidado; en estos tiempos y a esta hora, cualquier movimiento sospechoso del personal civil, lo hace pasible de estos operativos.

Ramiro se preguntó qué tenía de sospechoso detenerse en la carretera para vomitar, y no pudo evitar un sentimiento de repulsión por ser tratado como «personal civil». Pero así estaba el país en esos años, le habían contado. No dijo nada; su corazón parecía saltar dentro del pecho. La noche avanzaba y la luna no dejaba de estar caliente, pero el cadáver de Araceli, en su dormitorio, debía estar enfriándose. Tuvo ganas de llorar.

–Pueden continuar –dijo el oficial, llamando a los suyos y regresando al patrullero, que arrancó y se fue.

Subieron al Ford, en silencio, y mientras volvía a ponerlo en marcha, Ramiro sintió que dos lágrimas le caían por las mejillas.

Capítulo 6

El médico habló primero. Lo hizo con voz suave, pero todavía arrastrando las palabras:

–Este país es una mierda, Ramiro. Era hermoso, pero lo convirtieron en una completa mierda.

Ramiro no supo si se le había pasado la borrachera. La voz del médico era amarga, pero sobre todo triste, muy triste.

–Aquí se dio vuelta el principio griego –siguió Tennembaum–: la aritmética es democrática porque enseña relaciones de igualdad, de justicia; y la geometría es oligárquica porque demuestra las proporciones de la desigualdad. Lo dice Foucault. ¿Leíste a Foucault?

–Algo, en la universidad.

–Pues nos dieron vuelta el principio, che; ahora somos un país cada vez más geométrico. Y así nos va.

–¿Dónde lo dejo, doctor?

–No me vas a dejar.

La voz del médico sonó muy firme, como una orden. Ramiro recuperó rápidamente el miedo.

¿Y si sabía lo de su hija? ¿Era, nomás, una trampa? ¿Cuándo terminaría todo esto?

Instintivamente, cambió de rumbo y en lugar de dirigirse al centro de la ciudad, se desvió hasta la casa de su madre, donde vivía desde que llegara de París. Aceleró hasta el límite de velocidad urbana. No quería otro encuentro con la policía. Tampoco estaba dispuesto a soportar más al médico. Ya vería qué hacía con él.

Al llegar, estacionó el coche, le dijo a Tennembaum que lo esperara un momento y, sin esperar respuesta, entró en la casa. Juntó rápidamente, y en total silencio, lo que necesitaba: su pasaporte, varios miles de pesos nuevos, quinientos dólares que aún no había cambiado, y un pantalón y una camisa que envolvió en una bolsita de supermercado. Salió de la casa con mucho sigilo, como si fuera un extraño, sin pensar siquiera en mirar a su madre ni a su hermana menor.

Ya en el coche, se dirigió hacia el centro. Eran las cuatro y veinte de la mañana y de todas maneras llegaría a la frontera siendo de día. Una lástima. Pero quería, al menos, llegar bien temprano; no podía perder más tiempo. Estaba cansado, harto, con sueño, confuso por todo lo que no quería ni imaginar que le esperaba. Tenía, secretamente, la convicción ya irreversible de que era un fugitivo, un asesino que sería buscado por toda la frontera. Ni siquiera el Paraguay era seguro, pero no había otro camino. Debía cruzarlo y llegar a Bolivia, a Perú, al Amazonas. A la mierda, se dijo, pero ahora mismo.

Frenó bruscamente en la esquina de Güemes y la avenida 9 de Julio.

—Bueno, doctor, hasta aquí llego. Dónde lo dejo.

—¿Y vos, adónde vas? —la voz se le había aclarado. Ramiro pensó que esos minutos de espera los había dormido. O habría orinado. Siempre le hace bien a los borrachos.

—Voy a pescar.

—¿A esta hora?

—Mire, viejo: acábela, ¿quiere? Me voy a donde se me canta el culo, y me voy ya, ¿estamos? —después de todo, se dijo, irritado, era obvio que jamás volvería a ver a Braulio Tennembaum. Al contrario, siempre trataría de poner la mayor distancia entre los dos pues la cacería, precisamente, la desencadenaría ese hombre, cuando pocas horas después descubriera el cadáver de su hija.

—No me vas a dejar —dijo el médico fríamente.

—Qué se propone —preguntó Ramiro, con miedo, cautelosamente, pero con voz sonora y grave.

—Seguir el pedo. Y hablar.

—Oiga, usted parece tener unas ganas que yo no tengo. Bájese.

—No me vas a dejar así nomás, hijo de puta —hablaba gélida, lentamente—. ¿Te creés que no te vi, esta noche, cómo mirabas a Araceli?

Capítulo 7

Fue entonces que se asustó por la acusación de ese hombre y, sin pensarlo, le pegó un puñetazo en el mentón con toda su fuerza. Tennembaum no lo esperaba, y cayó hacia atrás, golpeando contra la puerta. Pero no se durmió; lanzó un ronquido, profirió unas maldiciones y se dispuso a pegar él también. Ramiro midió mejor la segunda trompada que se estrelló en la nariz del otro. Y todavía le aplicó un tercer derechazo, en la base de la mandíbula. Entonces el médico perdió el conocimiento.

Diez minutos después el Ford corría a todo lo que daba, y aunque el viejo modelo no tenía velocímetro Ramiro calculó que fácilmente iba a 130 kilómetros por hora. Ese coche tan antiguo, de treinta años exactos, no podía ir más rápido, pero no estaba mal. Gomulka lo había restaurado obsesivamente, y el motor funcionaba como nuevo.

Perdido por perdido, falta envido, se dijo, ahora hay que darle para adelante porque estoy jugado. Jugado-fugado. Fugado-fogado. Fogado-tocado. Tocado-toquido. Toquido-ronquido. Ronquido de muerto. Ronquido-jodido. Bien jodido. Y el malabar de palabras era una manera de no pensar. Pero aunque procuraba no hacerlo, se convencía de la limpieza con que actuaba; no le había roto ningún hueso, ningún diente. Lo había dormido, sin dejar huellas. Su propia frialdad lo impresionó. Jamás había imaginado que un hombre, convertido involuntariamente en asesino, pudiera, de repente, vencer tantos prejuicios y tornarse frío, inescrupuloso.

Como aquella vez, muchísimos años atrás, cuando era niño y murió su padre, y por un tiempo decidieron abandonar la casa. Se fueron a vivir a lo de unos parientes, en Quitilipi, donde estaban en plena cosecha algodonera y eso parecía distraer a su madre del llanto cotidiano. Un fin de semana, él debió viajar a Resistencia para hacerse unos análisis por una enfermedad que no recordaba, y pasó por la casa. Su tío Ramón lo esperó en el coche mientras él entraba a buscar unos vestidos de su madre. Pero ella no había tenido el debido cuidado al cerrar la casa, y por una ventana del comedor había ingresado una familia de gatos que se instaló bajo la mesa. En esas pocas semanas, prácticamente se habían apoderado del comedor y de la cocina. Él sintió un profundo asco, una rabia intensa, cuando vio que dos enormes gatos huían al oírlo entrar. Y se quedó así, paralizado ante el cuadro que veía, de suciedad y

repulsión, hasta que observó que cuatro pequeños gatitos se deslizaban, casi reptando, por debajo de la mesa, como buscando refugio en otro
lado. Entonces, fríamente, cerró la ventana que
daba al patio, la puerta que daba a la cocina y la
que él mismo había abierto y que comunicaba
con el resto de la casa. Excitado por su venganza,
regresó al coche donde lo esperaba el tío Ramón.
Casi un mes después, cuando volvieron a Resistencia, su madre y Cristina, su hermana menor,
se horrorizaron ante los pequeños cadáveres des-
compuestos, cuyas pelambres estaban pegadas,
como incrustadas en las baldosas. El olor era insoportable y él, después de negar toda responsa-
bilidad, se fue al cine y se pasó la tarde viendo
una misma película de Luis Sandrini.

«Frío, inescrupuloso», le había dicho Dorinne,
aquella tierna muchacha de Vincennes a la que
había amado, cuando se lo contó. Ahora recordaba que después Dorinne no había querido hacer
el amor, aquella noche. Frío, inescrupuloso, repitió para sí mismo, mirando a Tennembaum, que
dormía profundamente en el otro asiento. Lo
que estaba haciendo era horripilante, lo sabía,
era completamente consciente. Pero no tenía op-
ciones. Perdido por perdido... Sí, estaba jugado y
ahora ya nada lo detendría.

Él no había querido matar a Araceli. Dios, claro que no, había querido amarla, pero... Bueno,
ella se resistió, sí, y él en realidad no debió... pero

bueno, mejor no pensar. Perdido por perdido, bien jodido, el polvo más costoso de mi vida, se dijo. Se espantó de su propio chiste. Soy un monstruo, súbitamente un monstruo. La culpa había sido de la luna. Demasiado caliente, la luna del Chaco. Sobre todo, después de ocho años de ausencia. Perdido por perdido. Estaba jugado.

Después de cruzar el triángulo carretero de la salida occidental de Resistencia, pasó el puente sobre el río Negro y el desvío de la ruta 16. Poco más adelante, llegó a un riachuelo que no tenía indicador de nombre. Se acercó a la banquina, unos doscientos metros antes de cruzar el puentecito. Frenó, procurando no dejar huellas de violencia en el pavimento y se dijo que debía proceder muy rápidamente, como lo había planeado cuando Tennembaum se puso pesado y debió pegarle. No iría al Paraguay ni a ningún otro lado que no fuera su casa.

Rogó que no pasara ningún coche, aunque a esa hora, las cinco de la mañana, era bastante improbable que hubiera tránsito. La ruta estaba totalmente despejada. Apenas si se había cruzado con dos camiones, un coche que venía del norte (con probable destino a Buenos Aires, pues de ahí era la patente) y un ómnibus de la «Godoy» que hacía la línea Resistencia-Formosa. Se bajó y empujó el cuerpo de Tennembaum hasta ponerlo frente al volante. Dudó un segundo sobre si debía quitar sus huellas digitales, pero descartó la idea.

Era obvio que él había manejado ese coche. Eso no era lo importante. Pero sí colocó las manos del médico en el volante y sobre la palanca de cambios. Todos pensarían que Tennembaum, borracho, había hecho un disparate. Supondrían que él mismo había violado a su hija para luego, desesperado, suicidarse en ese paraje absurdo, en ese puente contra el que él, Ramiro, había decidido lanzar el viejo Ford.

Claro que después debería enfrentar situaciones incómodas, pero sabría sortearlas. Ahora estaba convencido de que era capaz de muchas más acciones que las que antes suponía. Un hombre en el límite es capaz de todo. Y él había llegado al límite. El médico se había puesto pesado, fastidioso, y acaso le estaba tendiendo una trampa. No tenía opción, por eso le había pegado hasta dormirlo y ahora lo iba a matar. Perdido por perdido... Y además, ya sabía lo que tendría que decir: que Tennembaum, borracho como una cuba, lo había despertado a las... ¿a qué hora? Si, a las tres se le había acercado, cuando él fumaba en el coche. Bueno, pues a las tres menos cuarto lo había despertado y él, Ramiro, no pudo resistir la invitación. El doctor era mi anfitrión, diría, me había tratado espléndidamente, una cena magnífica, después de tantos años, porque era amigo de mi padre... Y explicaría que él fue quien manejó porque el doctor estaba borracho, y muy pesado, nervioso, como si le hubiese pasado algo, pero yo no podía saber por qué, creí que estaba en un pedo triste, nomás, qué iba a saber que había violado a su hija; y nos íbamos a «La Estrella» a tomar unos vinos. Y hasta nos paró un patrullero, diría, y sonrió mientras maniobraba con el cuerpo del médico y recordaba qué bien le había venido aquel encuentro. Los policías admitirían que sí, que los habían abordado, y confirmarían la hora, y ratificarían que el médico estaba borracho hasta más no poder y que Ramiro estaba sobrio.

Entonces se puso la bolsita de nylon dentro de la camisa, se sentó sobre el cuerpo del otro y arrancó. Aceleró al máximo, pasando los cambios con premura, enfiló hacia el puente y, unos metros antes, aterrado, profiriendo un grito espantoso que él mismo desconoció en su garganta, saltó del coche un segundo antes de que se estrellara contra la baranda con un horrible estrépito de acero y cemento. El coche pareció montarse sobre el borde del puente, se inclinó sobre el lado izquierdo y cayó por el terraplén elevado sobre la orilla, dando tumbos.

Ramiro golpeó contra la tierra y fue detenido por un tacuruzal. Se levantó presuroso, antes que las hormigas pudieran repeler ese cuerpo extraño. De pie, y lamentándose del dolor en un codo, corrió para ver el coche, semihundido en el agua. Se tranquilizó cuando se dio cuenta de que, si bien no se había provocado el incendio que deseaba, el Ford había quedado con las ruedas hacia arriba. La cabina estaba bajo el agua; el médico moriría ahogado.

Todo salió bien, se dijo. Y se espeluznó de su propia certeza, de la repugnante serenidad de su comentario.

Capítulo 8

Eran las cinco y veinte de la mañana y aún no empezaba a amanecer. Habían pasado sólo quince minutos desde que corriera alejándose del puente, rumbo al sur, a la ciudad. Ya dos automóviles y un camión habían sobrepasado su línea —Ramiro se apartó de la carretera, al escuchar los ronquidos de los motores, escondiéndose entre unos arbustos— lo que indicaba que nadie se detenía en el puentecito roto. Las obras públicas en mal estado no sorprendían a nadie. De modo que pasaría un buen rato hasta que se descubriera el Ford semihundido.

Entonces, cuando calculó que había caminado lo suficiente, se dispuso a hacer dedo, sin dejar de caminar, ahora más calmado, aunque el cansancio empezaba a dificultarle la marcha.

Un minuto después un enorme Bedford con acoplado, con patente de Santa Fe, se detuvo ante sus señas.

—¿Adónde vas? —le preguntó el conductor desde la cabina; era un moreno que viajaba con el torso desnudo y asomaba un brazo que parecía un guinche portuario y tenía un tatuaje borroso, por la oscuridad, en el bíceps. Ramiro se dijo que ese tipo podía tutear a cualquiera, sin temor.

–Pa'onde le quede 'iéen, chamigo –respondió Ramiro, con acento aparaguayado, pero sin mirarlo a los ojos.

–Voy a Resistencia a descargar y después sigo a Corrientes.

–Tá ién, me bajo por ái, n'el centro.

–Bueno, subite.

Ya en la cabina, en tono casual y mirando hacia afuera por la ventanilla, con su evidente tonada paraguaya dijo que se le había descompuesto su coche unos kilómetros antes, en un desvío de la carretera. Iba a agregar que había decidido caminar hasta que alguien lo llevara, que buscaría un mecánico y que luego seguiría a Santa Fe, cuando se dio cuenta de que el camionero era uno de esos tipos capaces de hacer gauchadas, pero hosco y solitario. Sólo movió la cabeza, como indicando que no le interesaban las explicaciones ni los problemas ajenos. El tipo quería pensar en sus cosas, y le importaba un pepino la historia que le pudiera contar. Ramiro se lo agradeció desde lo más profundo de su corazón y se recostó en el asiento.

Recordó velozmente todo lo que había pasado esa noche y se preguntó si no era un sueño, si no era algo que le estaba pasando a otro. Abrió los ojos sobresaltado, y no: lo que veía era el paisaje chato del norte chaqueño, con sus palmeras dibujadas en la noche en la dirección del río Paraná; con su selva sucia, agrisada, a las veras del camino. Y ese calor inaguantable, persistente, que casi se podía tocar.

Espió al camionero, que manejaba muy concentrado, mordiendo un escarbadientes que parecía deshilachado y mirando fijamente el camino. No, no era un sueño. Volvió a cerrar los ojos y, escuchando el ronroneo del diésel, se relajó unos minutos.

Cuando el camión se detuvo ante el semáforo de las avenidas Ávalos y 25 de Mayo, Ramiro dijo «gracia, mestrro, aquí me bajo» y abrió la puerta y saltó, tratando de ocultar su cara al camionero, quien por su lado sólo gruñó y dijo algo así como «chau, paragua», mención que a Ramiro le pareció hermosa de escuchar. Ese tipo no sería de cuidado. Venía con suerte.

Pero miró su reloj y se alarmó: eran ya las seis menos diez y empezaba a clarear. Debía caminar unas ocho cuadras hasta su casa; lo peligroso era que su familia lo escuchara entrar.

Cuando llegó, abrió la puerta con mucho sigilo, tras mirar la calle y comprobar que nadie lo miraba por las ventanas, nadie salía de sus casas. Se quitó los zapatos en el zaguán y se erizó cuando sintió el tun-tun de su corazón. Cruzó el living en completo silencio y entró en su dormitorio, cerrando la puerta tras de sí. Le pareció escuchar que, en el otro cuarto, Cristina hacía sus ejercicios matutinos. Luego iría a la cocina a calentarse el café. Su madre estaba en el baño. Por segundos, todo había salido bien.

Se desvistió, vigilante y con mucho cuidado, y se durmió preguntándose si en París hubiese pensado que él, Ramiro Bernárdez, alguna vez iba a ser capaz de tanta sangre fría. Habría jurado que no. Pero ahora, después de semejante noche, sabía que cualquier cosa era posible.

Capítulo 9

Cuando abrió los ojos, observó que el sol se filtraba por entre las rendijas de las persianas de metal. El ventilador de pie producía un sonido monótono y ensoñador, sobre todo cuando se iba totalmente hacia la izquierda y el buje debía girar una vuelta completa sobre sí mismo para iniciar el camino hacia la derecha. Le llamó la atención ese ventilador. Seguramente, su madre lo había encendido. Se asombró de no haberse despertado, pero claro, se dijo, la vieja tiene pies de lana. Sólo una madre puede entrar así en la habitación de un asesino, sin que éste reaccione.

Asesino, repitió, moviendo los labios, pero sin pronunciar la palabra. Sintió un súbito dolor de cabeza y se relajó; acababa de darse cuenta de que estaba completamente tenso.

Afuera, su madre hablaba con alguien. «Sí, querida», decía, y parecía sorprendida y alegre. Debía ser alguna visita. Miró el reloj en su muñeca: las once y catorce. No había dormido mucho. «Qué casualidad –decía su madre–, nunca se te ve por aquí.» Y la voz parecía acercarse a su dormitorio. Ramiro se alertó, irguiéndose.

–Un minuto, queridita –la voz sonaba ahora muy fuerte–, esperate que voy a ver si ya está despierto.

Ramiro se zambulló en la almohada y cerró los ojos, justo en el momento en que ella entraba al dormitorio.

–Ramiro...

Él abrió un ojo, luego el otro, fingiendo estar muy dormido.

–Querido, te busca Araceli.

–¿Qué? –Ramiro saltó, horrorizado, casi gritando.

–Sí, querido, Araceli, la hija del doctor Tennembaum, de Fontana, donde estuviste anoche.

Segunda parte

¿Qué es la conciencia? ¡La he inventado yo! ¿En qué consiste el remordimiento? ¡Es una costumbre de la humanidad desde hace siete mil años! ¡Librémonos de esa preocupación y seremos dioses!

FEDOR DOSTOIEVSKI
Hermanos Karamázov

Capítulo 10

No era posible, y sin embargo... Carajo, otra vez no estaba soñando. Se quedó en la cama, mirando el techo, asombrado y reconociendo sentimientos contradictorios: lo aliviaba saberse menos asesino, pero a la vez sentía rabia por todo lo que había pasado, y que pudo no suceder si se hubiese dado cuenta... Pero ¿qué era eso de sentirse menos asesino? ¿Qué era sino una comprobación ridícula?

Primero fue De Quincey, se dijo, y luego Dostoievski, los que señalaron que los humanos, en alarde de cinismo o de ociosidad, gozamos con el crimen. En algún lugar nuestro disfrutamos, admirativos, el horror de un asesinato. Podemos condenarlo, después, y seremos jueces implacables, pero en un primer momento el crimen nos deslumbra, nos impacta hasta la admiración.

No es posible ser «menos asesino». Así como si un solo ser te falta, todo está despoblado, así una muerte producida por mis manos es todas las muertes.

Ramiro se miró las manos, con las palmas abiertas. Luego las dio vuelta, lentamente, y las contempló del otro lado, venosas, velludas; le parecieron manos de un monstruo de novela gótica. Y sin embargo eran las mismas que habían sabido acariciar a Dorinne, no hacía mucho. Las sabía capaces de ternura; podían apasionarse ante la suavidad de la piel de algunas mujeres; podían tocar, calmosas, una flor y no se marchitaría. Alguna vez habían pellizcado dulcemente la mejilla de un niño. Otra vez habían tocado tejidos de hilo oaxaqueño, una seda de la India, el pedestal del David en Florencia, el pelaje duro y seco de un perro ovejero alemán.

Significaban momentos grabados imperceptiblemente en su memoria; instantes indomeñables que no sabía por qué asociaba ahora. No, por más que quisiera ignorar su situación, esas evocaciones no eran distractores eficaces. Ésas eran las manos de un asesino; el asesino era él.

Por Dios, ¿y ahora qué haría? ¿Qué querría esa muchacha; cómo enfrentarla? ¿Qué le diría? ¿Qué sería capaz de decirle?

Suspiró y encendió un cigarrillo. Dejó el fósforo en el cenicero, sobre la mesa de luz, y se dijo que no iba a salir por un rato. Que lo esperaran, pensó, por mí que me esperen toda la vida, en este momento lo único cierto es mi propia parálisis, ya demasiado ajetreo tuve anoche.

¿Y Araceli, habría contado lo que pasó? ¿Y Carmen, sabría ya que la había violado e intentado matar? Porque evidentemente esa chica no había venido sola a su casa, desde Fontana. ¿Qué mierda querían?

Odiaba a las mujeres, sólo entonces se daba cuenta. «Soy un misógino», se rió. Aunque no, no era tan así. En París, varias amigas lo habían acusado de machista; en veladas inolvidables, juguetonas, divertidas, discutiendo sobre las conductas de los hombres frente a las mujeres. Machista, le decían; feministas primarias, alocadas, contraatacaba él. Y se reían. No sabían nada de la vida.

Las mujeres representan el sentido común que nos falta a los hombres, se confesó. Y eso es lo que los hombres tememos. Por desearlas y necesitarlas, les tenemos miedo. Nos causan pavor. ¿O no era eso lo que había sentido frente a Araceli, anoche? Él, Ramiro Bernárdez, el gran macho, el argentino maula que no fue capaz de alzarse a una francesita de París, anoche se había convertido en un vulgar violador. Por miedo, por terror. Y había asesinado dos veces; no importaba que ahora Araceli resucitara o lo que fuere. Sentido común... ¿qué era eso? Sólo tenía sentido del pavor. ¿No le había pasado, antes, con muchas mujeres? Caray, con todas, si cada mujer que había conocido en su vida había significado un minuto de terror, de pánico insoluble. Quizá eso era el machismo, ese segundo de espanto que sentimos cuando enfrentamos a la mujer. El instante de terror que nos produce reconocer su sensatez, su aparente fragilidad (lo que nosotros queremos ver como fragilidad), su intrínseca posibilidad de anclaje en una estabilidad que los hombres no tenemos. Porque, quizá, lo que nos diferencia no es sólo la tenencia de un miembro unos y de vaginas otras; lo que nos diferencia es la imposibilidad de aceptar y reconocer la diferencia. He ahí lo que rechazamos en el otro sexo.

¿Y por qué pensar todo esto ahora? ¿Porque el horror no era siquiera la muerte, sino la vergüenza de haber sido un violador? ¿Porque de pronto debía admitir que no se atrevía a salir de su cuarto, puesto que se sentía francamente un prototipo lombrosiano? ¿O porque ya, íntimamente, se sabía incapaz de toda ascendencia moral? ¿O es que el honor era, nomás, una superstición, como sugirió Dostoievski? ¿Qué era el honor de un hombre, sino el reconocimiento de su humildad, de su pequeñez infinita, inmensurable; qué era sino el abatimiento del narcisismo?

Entonces, él no tenía honor; no era honrado, ni siquiera un hombre. Todos los siglos de la humanidad, de ese afanoso procurar distinguir el bien del mal, se le vinieron encima.

Sin embargo, se levantó de la cama, se puso una camisa y un pantalón y se ordenó salir. Pero enseguida debió admitir que no se atrevía a abandonar su cuarto. Todavía no. Volvió a pensar, entonces, que esa comprobación de ser «menos asesino» era absurda, una estupidez, porque el médico... ¿Y si tampoco había muerto?

Se alarmó, advirtió el brinco de su corazón, buscó algo en algún lado. ¿Qué era peor, ahora que estaba metido hasta el tuétano en este baile?

Pero no, Tennembaum era seguro que había muerto; él había visto el Ford con la cabina hundida y las ruedas girando, y el tipo estaba desmayado. Tenía que haberse ahogado. Sí, eso era seguro. Pero entonces, si Araceli hablaba... todo sería peor. Y ya no cabía ni pensar en huir al Paraguay.

Escuchó nuevamente la voz de su madre, que se acercaba, y enseguida vio que abría la puerta del dormitorio y se asomaba.

–Ché, Ramiro, te está esperando esa chica.

–Ya voy, mamá.

Ella se quedó mirándolo, con lo que a él le parecieron sombritas de duda en los ojos. Un destello extraño, indefinible. Nervioso, preguntó:

–¿Cómo está el día?

–¿Cómo querés que esté, mi querido? Como siempre: caluroso, húmedo, el sol nos va a matar.

Ramiro buscó un cinturón y se lo cambió. Luego se sentó en la cama y empezó a ponerse los zapatos y las medias, despaciosamente.

–Nos van a matar otras cosas, mamá.

–¿Qué estás diciendo?

–No me hagas caso, me siento horriblemente.

–¿Te traigo una aspirina?

Ramiro rió, con una carcajada breve, amarga.

–No hay aspirinas para lo que me pasa, vieja; no hay remedio.

Ella también se rió, nerviosa.

–Oia, éste se levantó dramático, hoy –como si le hablara a la pared, a alguien que estuviese ahí, instalado en los ladrillos, en la cal y en la pintura.

Luego salió rápidamente.

–Apurate, querido –dijo al cerrar la puerta.

Ramiro terminó de vestirse diciéndose que al menos una cosa tenía clara: Araceli no debía hablar. Antes de salir del dormitorio, cerró los ojos y se recomendó calma; cualquiera que fuese la idea de esa muchacha, él debía estar sereno. Ya vería cómo silenciarla.

Ella estaba sentada en el living, en un sillón. Vestía un pantalón azul, un jean gastado que le apretaba las caderas y los muslos. Llevaba una camisa a cuadros, de hombre, que le quedaba grande, y el pelo recogido en un rodete. El flequillo le ocultaba los ojos, o era que habían perdido el brillo. Tenía una pequeña magulladura en el pómulo derecho. No parecía ni triste ni asustada.

–Hola –dijo Ramiro, mirándola fijamente.

–Hola –respondió ella, y se puso de pie, se acercó a él y le dio un beso junto a la boca. Ramiro pestañeó y se sentó en el sillón, junto a ella. Desde la cocina se oía el ruido de su madre, preparando algo, seguramente su desayuno: café con leche y galletitas.

–¿Cómo estás?

–Bien –ella hablaba sin quitarle la vista de los ojos. Estaba hermosa.

–No sé qué decirte, Araceli... –y de veras no sabía; ella lo escuchaba, en silencio, magnetizada ante su presencia y sus palabras–. Anoche me volví loco. Quisiera que me disculpes si estuve brutal, ¿sabés? Es tonto que te lo diga, chiquita, pero... no quise hacerte daño.

Ella lo miraba. Ramiro era incapaz de definir qué había en esa mirada.

–¿Cómo viniste?

–Me trajo mamá.

–¿Y dónde está ella?

–Buscando a papá; anoche desapareció.

–¿Y sabe dónde buscarlo?

–Se habrá emborrachado, como siempre; debe estar en lo de algún amigo.

–Ahá –Ramiro se tranquilizó un poco; todavía no había aparecido el cadáver–. Decime... ¿hablaste con tu mamá de lo de anoche?

Ella se sonrió. Lo miró fijo, y a Ramiro le parecieron unos ojos bellísimos: enormes, muy negros, con el brillo recobrado. La piel aceitunada, y aún ese moretón en el pómulo, le daban a ese rostro delgado un aire de madonna renacentista. No hay languidez, se dijo, esta mocosa me sigue seduciendo.

–¿Le dijiste?

–¿Cómo creés eso? –le dijo apenas moviendo los labios, carnosos, húmedos, sin dejar de mirarlo.

Se quedaron en silencio. Era una situación embarazosa, y Ramiro le exigía a su cerebro una velocidad que no tenía.

–Dame un beso –pidió ella con la voz aniñada.

Él abrió los ojos todo lo grandes que pudo. Su cerebro era el de un mosquito. Ella cerró los ojos y acercó su cara, con la boca entreabierta, para recibir el beso, y Ramiro se dijo que no era posible que fuese tan inocente y tan hermosa. Pero a la vez, alejando apenas su torso, sintió que había algo provocativo, pecaminoso, en la seducción de ella. Algo abominable, que le produjo miedo. En ese momento sonó el teléfono, y Ramiro dio un brinco.

Su madre atendió antes que él.

–Es para vos, Ramiro. Juan Gomulka.

Ramiro agarró el tubo. Se mordió el labio inferior, pensativo, antes de responder:

–Hola, Polaco...

–Hermano, esta tarde voy a necesitar el coche. ¿A qué hora lo paso a buscar?

–Eh, sí, Polaco, estéee...

–¿Qué te pasa, ché?

–No, es que recién me levanto, ¿sabés? Pero... No, lo que sucede es que no lo tengo; se lo llevó... –no quería decir el nombre.

–¿A quién se lo diste, ché? –alarmado, Gomulka.

–Al doctor Tennembaum –no tenía opción–; a don Braulio.

–¡Puta madre, ché, te lo presté a vos! ¡Y ahora decime que encima estaba borracho!

–Sí, hermano, como un beduino. Disculpame.

–Pero ese tipo vive en pedo, ché. ¿Cómo mierda me hacés esto? ¡Vos sabés que yo soy maniático de mi Ford!

–Disculpame, Polaco. Voy a ver si lo busco y te lo traigo ahora mismo. ¿A qué hora lo querés?

–A las seis. Voy a ir a tu casa –y colgó, furioso.

Ramiro se dirigió a la cocina, y le pidió a su madre que les llevara café.

–¿Y vos, de qué tenés que hablar con esa chiquilina?

–Es que quiere estudiar abogacía. Y anoche me pidió que le contara de París...

Abrió la heladera, como buscando algo. El asunto era no tener que mirar a su madre a los ojos. Pero sabía que ella esperaba una respuesta más convincente.

–Pobre –agregó Ramiro–, estas pibas provincianas creen que París queda aquí a la vuelta, y que cualquiera va.

Y salió de la cocina, sintiéndose un miserable por lo que acababa de decir.

Regresó a la sala y se sentó en otro sillón, enfrente de la muchacha. Ella no dejaba de mirarlo. Parecía un animalito, un gato, eso, tenía la curiosidad de un gato. Y el mismo sigilo.

–¿Para qué viniste?

–Tenía que verte –en voz baja, tímida, endemoniadamente seductora.

–Yo no quise hacerte daño –y se sintió idiota, ¿cómo le decía eso? Era como preguntarle por qué no se había muerto. Cómo carajo hizo para no morirse. O por qué no le avisó que no estaba muerta. Todo hubiera sido distinto. Sintió rabia. Pero ella dijo, siempre mirándolo:

–No me hiciste daño. Me gustó. Y quiero hacerlo de nuevo; quiero que vengas esta noche –y entonces bajó los ojos, como mirándose la vagina. Ramiro también la miró.

Capítulo 11

La madre trajo los cafés y comentó que hacía demasiado calor, peor que anoche, Dios mío, no se puede estar, y luego preguntó por los padres de Araceli y dijo algo sobre la entrañable amistad del finado con el doctor. Eran otros tiempos, claro, y después preguntó a Ramiro qué quería que le preparara para comer al mediodía, así iba a hacer las compras.

Él respondió que no sabía si comería en casa, que no se preocupara, y ella comentó, para Araceli, pero más para sí misma, que Ramiro la tenía abandonada, que después de tantos años de faltar no paraba ni un minuto en casa, claro que ella comprendía, imaginate querida, porque para eso son las madres, para comprender a los hijos, y fijate que todas las noches está llegando tardísimo y duerme muy poco, te vas a consumir, mi querido, y sirvió los cafés.

–Mamá, y anoche, ¿me escuchaste llegar? –preguntó él, con tono casual.

–Ay, sí, eran como las cuatro. ¿No te digo, querida?

Ramiro sintió alivio; sólo lo había oído cuando entró a buscar sus cosas. Ella ofreció unas galletitas, que rechazaron, y salió del living diciendo que se iba al mercado y vuelvo en un rato y si viene Cristina que empiece a pelar las papas para hacerlas al horno y contale de París, nene, qué maravilla la Torre Eiffel.

Bebieron en silencio y la escucharon salir. Entonces, Araceli se recostó contra el respaldo del sillón y descruzó las piernas. Ramiro la miró, excitado, porque la respiración de ella parecía levemente agitada y alzaba sus pechitos; Araceli empezó a jugar con el botón de su camisa que estaba exactamente sobre el seno.

Se miraron. Los dos respiraban, sibilantes, nerviosos, con las bocas abiertas.

–Hacémelo –dijo ella, con su voz de niña–. Ahora.

Capítulo 12

Al mediodía, Carmen Tennembaum pasó a buscar a su hija. Vestía un traje sastre de lino azul y una blusa blanca con volados. Tenía la cara demacrada y parecía olvidada del calor; las ojeras y el rimmel corrido no los producía la temperatura sino el llanto. Esa mujer había llorado mucho.

–No lo encontramos, María –dijo a la madre de Ramiro, pasándose un pañuelito por la nariz–, no sé qué pensar, estoy desesperada.

–Vamos, Carmen, andará por ahí. No es la primera vez –la calmó María, sin convicción.

–¿No fue a la policía, señora? –terció Ramiro.

–Todavía no. Tengo miedo de ir.

Araceli se apartó del grupo y se acercó al 504 de los Tennembaum.

–¿Qué hicieron anoche, Ramiro? –sonándose los mocos.

–En realidad, nada. Don Braulio me invitó a tomar algo, pero yo no acepté. El coche ya se había compuesto, posiblemente sólo se había ahogado, y me pidió que lo trajera a Resistencia. Se subió y... la verdad, no pude impedirlo.

–Siempre es así. Cuando se le pone una cosa en la cabeza...

–Y entonces nos vinimos y me dejó en casa. Me pidió el coche y, otra vez, no pude negarme. Incluso, ahora estoy preocupado porque ese auto no es mío, usted sabe, y no sé qué le voy a decir a Juan Gomulka.

–¿Y a qué hora salieron?

–No sé, habrán sido como las tres de la mañana. Yo no podía dormir por el calor –titubeó, forzándose a no mirar a Araceli, que estaba recostada contra la puerta del 504 y los miraba– y decidí levantarme y salir. Me lo encontré afuera, muy...

–Borracho.

–Sí.

–Qué calvario, Dios mío... –pareció que iba a llorar de nuevo, pero se recompuso rápidamente–. Bueno, nos vamos. Voy a seguir buscándolo; todavía me falta pasar por lo de Romero y lo de Freschini.

Y se dirigió al Peugeot, y ella y Araceli subieron. Cuando se marcharon, la muchacha lo miró con su mirada lánguida y lo saludó con la mano. Ramiro se dijo que no entendía nada.

Después se recostó sobre su cama, para meditar. Estaba nervioso, tenía mucho miedo. De hecho, no era posible mantener por demasiado tiempo la incertidumbre; también los temores de los demás eran una forma de presión sobre él. Y a las seis iría a su casa el Polaco Gomulka y qué le iba a decir. Gomulka era un maniático de su Ford del 47, y encima, se dijo Ramiro, un maniático pobre, no un coleccionista rico. Éste es de los peores. Seguro, Gomulka movilizaría a la policía en procura de su coche; perder su amistad, ciertamente, era lo de menos.

Pero eso no era todo, pensó, fumando en la semipenumbra de la habitación, donde el calor apenas parecía atenuarse. Quizá él debía ir al puente y ver exactamente cómo había quedado el coche. ¿Por qué no lo habían descubierto? Una súbita creciente del río era absolutamente improbable; el Negro es un río prácticamente muerto. Y él había visto, aunque estaba muy oscuro, que las ruedas giraban en falso sobre la superficie del agua. ¿Suelo pantanoso y que se hubiera hundido lentamente después? Lo creía difícil, pero no era imposible. Quizá debía ir pero le horrorizaba la idea. Además, todo eso de las novelitas policiales, de que el asesino siempre vuelve al lugar del crimen, no, era absurdo que él estuviera en semejante situación. Pero quería ir, evidentemente. Aunque por supuesto, necesitaba una muy buena, excelente excusa para pasar a esa hora de la siesta –puesto que iría después de comer– por aquel lugar, en las afueras de la ciudad. No tenía ninguna excusa, ni buena ni mala. Y no tenía coche; por lo tanto debía pedir prestado otro, o ir en un taxi, lo que era ridículo.

Pero ¿y si la policía ya había descubierto el Ford y el cadáver y lo estaban esperando? No, ¿por qué lo iban a esperar a él? Bueno, ¿y por qué no? A esa hora ya era posible que hubiesen ido a Fontana, y Carmen les habría informado que él, Ramiro, había sido la última persona que estuvo con Tennembaum.

Y además de todo eso, Araceli. Qué chica, mi Dios, estaba tan bien que no se podía creer. Pero era peligrosa como mono con gillette. Y no lograba entenderla. Nunca entendería a las mujeres. Siempre se había dicho que eso era lo bueno, su imprevisibilidad, pero ahora eso mismo lo desesperaba; comprendía que ése había sido un criterio machista. Lo que verdaderamente no entendía era la condición humana. ¿Y qué era eso?, se preguntó. ¿Cómo podía ser tan petulante como para abarcar toda la dimensión de horror que cabía en un ser humano? Porque, pensaba, mirando el patio, a través de la ventana del comedor, ¿acaso la condición humana no era una demostración de lo infinito? ¿De qué no era capaz el hombre? ¿Es que alguien podía creer que existían los límites? Su propio caso era un buen ejemplo.

Sintió asco de sí mismo, un agudo remordimiento que a la vez se le mezclaba con una espantosa vanidad creciente. Sí, qué coño, él burlaría a todos y saldría de ésta. Aunque fuera porque no le quedaba otro camino. Ya no reconocía límites; era capaz de cualquier acción. Y aunque algo indefinido le reprochaba esas ideas, por ominosas, no podía dejar de sentirse orgulloso.

Sí, la condición humana también era esa maravillosa capacidad de afrontar cualquier situación. De modificarlo todo. Ah, pero vanidad y horror son mala mezcla cuando andan juntos, se dijo. Ah, si no fuera por esta maldita ansiedad que sentía...

Casi no pudo comer, y se mantuvo en silencio. Cristina, su hermana, habló durante el almuerzo de su aversión por los alcohólicos, luego de que su madre comentó la desgracia de Carmen de tener un marido borracho. Ramiro pensó maldita puritana, no sabe nada de nada pero ella opina, siempre son los ignorantes los que opinan.

–Estás raro –dijo su madre un par de veces, mientras comían.

Él asintió y dijo cualquier cosa, para salir del paso.

–¿Te sigue doliendo la cabeza?

–¿Cuándo me dolió la cabeza?

–Esta mañana, cuando te levantaste. Dijiste que te sentías mal.

–No me hagas caso. Tuve un mal sueño –repensó sus palabras y agregó irónico–: Fue una pesadilla, pero ya va a pasar.

Las dos mujeres levantaron los platos sucios, mientras él pelaba una naranja que no comió. En la cocina, Cristina hizo un comentario sobre lo linda que estaba Araceli; dijo que se preguntaba si ya tendría novio, porque vos sabés, mami, las chicas de ahora empiezan temprano.

«Ella opina; la estúpida tiene veintidós años pero opina», pensó Ramiro. Se preguntó si sentiría celos. Sonrió a nadie y se dijo que la condición humana era la imbecilidad de la gente.

Después le sirvieron un café. Lo estaba tomando, cuando sonó el timbre de la puerta de calle.

Cristina fue a atender. Volvió con una mueca de preocupación y los ojos entrecerrados.

–Ahí afuera hay un patrullero. Un policía pregunta por vos, Ramiro...

Tercera parte

No somos de la clase de gente que traga
camellos sólo para hacer esfuerzos en los
retretes.

NATHANAEL WEST
Miss Lonelyheart

Capítulo 13

El Falcon entró en la Jefatura de Policía y se estacionó en el pequeño patio interior. Había otro patrullero estacionado, una camioneta con rejillas en la puerta trasera y otros dos Falcon, verdeclaros, sin patentes y con antenitas de radiocomandos. Ramiro reconoció esos temibles coches de los agentes parapoliciales.

Lo hicieron pasar a una pequeña oficina que estaba al final de un pasillo. Sólo tenía una puerta, que daba a la galería que enmarcaba el patio del edificio, que Ramiro recordó que había sido, muchos años atrás, la casa de gobierno del entonces Territorio Nacional del Chaco. Era un ambiente muy pequeño; todo el mobiliario eran dos sillas, un escritorio con una máquina de escribir viejísima, una «Underwood» cincuentenaria, y un almanaque de «Casa Amarilla» en la pared. Eso era todo.

El sargento que lo acompañó hasta allí se quedó en la puerta, fumando, y pocos minutos después se retiró, cuando entró en la habitación un sujeto alto, flaco, de pelo corto pero más largo que lo habitual en los policías del régimen militar.

Vestía un pantalón azul y camisa celeste de mangas largas arremangadas, y una corbata con el nudo descorrido. El saco del traje lo habría dejado en otro lado.

—Mucho gusto, doctor Bernárdez —le dijo, tendiéndole una mano.

Ramiro le dio la suya y asintió con la cabeza. Se había recomendado extrema prudencia y no pensaba hablar sino lo indispensable.

—Mire, voy a ir al grano, doctor: espero que disculpe que lo hayamos molestado, pero hemos encontrado el cadáver de una persona amiga suya, el doctor Braulio Tennembaum... —hizo una pausa, para encender un cigarrillo, y lo observó fijamente por encima del humo.

—¿El cadáver? —repitió Ramiro, con voz aflautada, sosteniendo la mirada del otro y quedándose con la boca semiabierta.

—Así es. Parece haber sido un accidente, pero usted comprenderá que tenemos que verificarlo. ¿Fuma?

—Sí, gracias —Ramiro tomó el paquete y extrajo un cigarrillo. Estaba muy nervioso y se permitió estarlo. Fingiría una fuerte impresión: mejor, se dijo, que el otro lo creyera—. ¿Dónde fue? ¿Qué tipo de accidente?

—Encontramos el cuerpo dentro de un Ford de 1947. Aparentemente perdió el control y se cayó a un brazo del río Negro, en la ruta 11. Y tenemos ent...

–Carajo –lo interrumpió Ramiro, meneando la cabeza.

–Qué pasa.

–Todo –pasándose la mano por los cabellos, como desesperado–: Yo soy amigo de la familia y supongo que ustedes me buscaron por eso. Anoche estuve cenando con ellos. Pero además ese coche me lo habían prestado a mí. Y que a uno lo busque la policía en estos tiempos... ¿Le parece poco?

–Nos interesaría que nos diera algunas informaciones.

–Sí, claro –Ramiro seguía fingiendo azoramiento. Y acaso pena, pensó, dolor, porque después de todo la situación, la suya, era completamente dolorosa.

–Comprendo su impresión, pero tengo que hacerle unas preguntas.

–Pregunte nomás, señor...

–Almirón, inspector Almirón.

–¿Qué quiere saber, inspector?

–Tenemos entendido que usted fue la última persona que estuvo con él.

–Supongo que sí. No sé con quién estuvo después.

–Quisiera que me explique, lo más detalladamente, qué hizo usted anoche.

Ramiro hizo silencio, diciéndose que dudar un poco no le venía mal; tampoco era cuestión de desembuchar enseguida su discurso. Almirón agregó:

–Entienda, doctor, que esto es casi rutinario –subrayó el «casi».

–Sí, sí, estoy recapitulando... Bueno, vea; fui invitado a cenar por los Tennembaum. A eso de la medianoche me iba a retirar pero el coche, el Ford que usted menciona, que me lo había prestado un amigo, Juan Gomulka, no quiso arrancar. Supongo que se habrá ahogado, no sé. Entonces, me invitaron a dormir en Fontana; el mismo Tennembaum insistió en que podía descomponerse el coche en el camino. Me pareció razonable porque era muy tarde, más de la medianoche. Me quedé, pero no podía dormir. El calor, usted sabe, es infernal también en las noches y yo vengo del invierno europeo... Y no era mi cama, no sé, el caso es que decidí intentar si arrancaba el coche...

–¿Recuerda a qué hora fue eso?

–Sí... Bueno, no exactamente, pero habrán sido como las dos y media o tres de la mañana.

–Continúe, por favor.

–Afuera, justo cuando conseguí poner en marcha el coche, apareció el doctor Tennembaum. Me dio un buen susto, incluso, porque creí que él dormía. Me invitó a tomar un vino, él estaba... bastante, muy borracho, y no acepté pero él se subió al auto y me pidió que lo llevara a Resistencia. No pude negarme, usted sabe, no quise contrariarlo tanto; la gente, cuando está tomada...

–¿Qué sucedió luego? –Almirón no le quitaba los ojos de encima.

–Bueno, yo me descompuse. Del estómago, pero no por el alcohol. Y paré el coche para vomitar. Apareció un patrullero y nos identificamos. No sé a qué hora habrá sido eso. Y después, llegamos a mi casa y Tennembaum me pidió el coche prestado. Otra vez no pude negarme, de lo que ahora me arrepiento. Pero no pude. Él estaba nervioso, pesado. Y se fue.

–El patrullero los abordó a las tres y veinticinco –dijo Almirón, y Ramiro se preguntó si con tal precisión pretendía intimidarlo; hacerle saber que estaban confirmando detalles–. ¿Y dónde lo dejó él?

–En mi casa.

–¿Le dijo adónde pensaba ir?

–A «La Estrella».

–¿Recuerda a qué hora se despidieron?

–No, pero calculo que habrán sido cerca de las cuatro de la mañana. Quizá un poco más. Yo estuve leyendo un rato, no sé cuánto tiempo, y apagué la luz a las cinco en punto. De eso me acuerdo porque miré...

–Según el forense, Tennembaum murió alrededor de las cinco y media de la mañana. ¿Qué hacía usted a esa hora?

–Dormía, naturalmente –Ramiro sonrió–. No sé si podré probarlo, inspector. ¿Estoy entre sus sospechosos, verdad?

–Yo no dije que Tennembaum haya sido asesinado. Simplemente, estamos comprobando los hechos.

–Entiendo –e inmediatamente agregó–: inspector, yo sé que el que interroga es usted, pero déjeme hacer un par de preguntas: ¿Cree que esto puede tener que ver con la subversión?

–No. No lo creo –Almirón hizo un gesto de descarte con la mano.

«Entonces, para este cretino no es nada grave», se dijo Ramiro, «qué país: un asesinado no es importante. Los galones los ganan contra los subversivos». Almirón lo miró, interrogativo.

–¿Y la otra pregunta?

–¿Qué?

–Usted dijo que me haría un par de preguntas.

–Ah, sí. ¿Cree que Tennembaum pudo haberse suicidado?

–No lo sé. No encuentro el motivo. Pero tampoco me parece un accidente –pensó un momento, como dudando si debía decir lo que iba a decir. Y lo dijo–: Hay huellas de que el coche estuvo estacionado a un costado de la ruta. Ni un suicida se detiene a repensarlo a último momento, ni mucho menos un borracho programa un accidente, cien metros antes de chocar.

–¿Y entonces? La otra opción es que lo hayan asesinado, pero usted dijo que no piensa que Tennembaum haya sido asesinado.

–Tampoco dije que piense lo contrario.

–Entiendo.

Almirón se puso de pie.

–Lo van a llevar a su casa, doctor, y disculpe la molestia. Le ruego que no salga de la ciudad sin avisarnos. Supongo que no tiene nada más que agregar, ¿no? Alguien que lo haya visto, alguna otra cosa que haya hecho...

Ramiro pensó un segundo. Recordó al camionero, pero ya no tenía retorno en su mentira.

–No –dijo–. Nada que agregar.

Capítulo 14

Antes de las seis de la tarde, Ramiro habló con Juan Gomulka, quien parecía estar de buen humor, escuchando a León Gieco después de dormir la siesta, según le contó. Pero su voz, y su alegría, desaparecieron cuando Ramiro le explicó que su coche debía estar destrozado en un corralón policial. Gritó, insultó, dijo que así se acababa una amistad, que había sido un abuso de confianza. Ramiro lo escuchó lamentarse, respondió a todo que sí y prometió pagarle los daños, en cuanto pudiera. Gomulka juró que no habría dinero en el mundo para pagarle el daño moral, pues ese Ford había sido restaurado con sus propias manos y con piezas originales, no te lo voy a perdonar nunca, me quiero morir...

Ramiro colgó el tubo y se dio una ducha de agua fría. Luego se vistió y caminó hasta la terminal de ómnibus. Tomaría un colectivo que lo llevara a Fontana; no podía dejar de hacerse presente en el velatorio de Tennembaum. Después encontraría alguien que lo trajera de regreso, o tomaría otro ómnibus, y dormiría veinte horas seguidas. No podía hacer otra cosa, respecto del crimen, que cruzar los dedos mentalmente.

Había mucha gente, y todos comentaban la horrible muerte que encontrara el doctor Braulio Tennembaum, ese lugar común. Como si hubiese muertes que no son horribles, pensó Ramiro. No faltaban los que especulaban que podía haber sucedido otra cosa, y con «otra cosa» aludían a las posibilidades de que se tratara de un crimen, o de un suicidio. Todos parecían descartar el accidente y eso los excitaba. Ramiro se sintió realmente incómodo cuando observó que ante su presencia los comentarios disminuían en intensidad. Pero también se dijo que quizá era su propia paranoia la que lo hacía pensar eso.

Y cuando subió la escalera de la casa, bordeando el living donde habían instalado el féretro ya cerrado, con el cuerpo de Tennembaum dentro, se dijo que nunca como en ese momento quería ser como Minaya Alvar Fáñez, «el que todo lo hace con precaución». Arriba, no se atrevió a ver a la viuda y pensó «al carajo con Minaya» en el momento en que Araceli lo vio aparecer y se dirigió, resuelta, hacia él. Llevaba un vestido muy liviano, negro, entallado en el torso y de falda acampanada y por debajo de las rodillas. Con el pelo negro, recogido, parecía salida de un cuadro de Romero de Torres. Ramiro se preguntó cómo era posible tanta belleza y, a la vez, tanta malicia en su mirada cuando lo besó. Tenía trece años, pero caray, cómo había crecido en las últimas horas. Sintió miedo.

Cuando se hizo noche cerrada, el calor ya era insoportable. Mucha gente se retiró y, en su dormitorio, la viuda no dejaba de llorar. Ramiro se preguntaba si era ya la hora de irse, cuando Araceli lo tomó de un brazo, con aplomo, y le dijo:

—Llevame a caminar.

Y empezó a salir, sin esperar su respuesta.

Se alejaron de la casa, por el camino de tierra, y Ramiro se obstinó en su silencio, sintiendo algunas miradas en su espalda, diciéndose que era una imprudencia. Pero al mismo tiempo se reprochaba su paranoia, porque la gente no tenía por qué pensar nada malo de una muchacha de sólo trece años a la que se le acababa de morir el padre, ni de él, a quien seguramente veían como un hermano mayor, que había estudiado en París y recientemente retornado al Chaco.

Miró de reojo a Araceli. Esa muchacha era casi una niña, pero a la que no había visto soltar una sola lágrima, ni conmoverse, aunque no le faltaban motivos. No tenía expresiones, parecía. Apenas la noche anterior, se había resistido y luchado; ahora era de acero.

—Vino la policía —dijo ella, en voz muy baja y sin mirarlo. Lo dijo, como casualmente, mientras caminaba con la vista fija en sus propios pies.

Ramiro prefirió no hablar.

–Nos hicieron preguntas. A mí, a mamá, a mis hermanos.

Lentamente, Araceli se fue desviando del camino. Ramiro miró hacia atrás; ya no se veía la casa de los Tennembaum. Araceli se acercó a un árbol, donde parecía comenzar un sector de matas y arbustos. Más allá, la vegetación se espesaba y se confundía con la negritud de la noche.

–¿Sobre?

–Querían saber a qué hora salieron ustedes. Vos y papá.

–¿Y?

–Nadie supo decirles.

–¿Vos tampoco?

–Tampoco.

–¿Y qué dijiste, vos?

Araceli se recostó contra el árbol, cuyo tronco tenía una leve inclinación. Respiraba agitadamente.

–No te preocupes.

Se pasó las manos por los muslos, suave, con sugerencia, de arriba hacia abajo. Su respiración se hizo más fuerte; aspiraba con la boca abierta. Ramiro reconoció que se excitaba.

–Vení –dijo ella, alzándose la pollera. Al leve brillo de la luna sus piernas aparecieron perfectas, torneadas, de un bronceado mate, y Ramiro sintió que se iba a correr cuando vio que ella no tenía nada bajo el vestido. Su pubis estaba mojado. Flexionó las piernas, y Ramiro penetró en ella, con un ronquido animal, diciendo su nombre, Araceli, Araceli, por Dios, me vas a volver loco, Araceli. Se movieron bestialmente, abrazándose, fundidos como cobre y níquel, con caricias brutales. Las manos de ella se clavaban en su espalda y Ramiro sentía también su lengua y sus dientes mordiéndole una oreja, lamiéndolo, ensalivándole la piel del cuello, mientras gemían de placer.

Cuando acabaron, se quedaron así, abrazados, escuchando sus respiraciones. Ramiro abrió los ojos y vio el tronco del árbol, un enorme lapacho, y en las arrugas de la corteza le pareció encontrar los interrogantes, el terror y la excitación combinados que le inspiraba Araceli. Porque ahí creyó descubrir que estaba abrazado a algo maligno, infausto, execrable. Pero también vio que lo siniestro estaba en su propia conducta: él había corrompido a la muchacha.

A los treinta y dos años se sentía, súbitamente, acabado, arruinado en su éxito social. Presintió el prematuro fin de su carrera, de su incorporación a la docencia universitaria, de su probable futura nominación como funcionario del gobierno militar, como juez, como ministro. Todos sus sueños se fracturaban. Y esa chica, esa adolescente, era la que lo arrastraba ahora con una determinación diabólica. Y podía ser su hija. Peor aún, podía haberla embarazado. Toda moral se derrumbaba; esto era peor que ser un asesino. No podía contener su propia pasión; todas sus pasiones iban a desbordarse siempre, de ahí en adelante, como el Paraná cada año. Araceli era insaciable; lo sería irrefrenablemente. Y él también. Cualquier maldad era posible, para ellos, si estaban juntos. El crimen era vivir así, tan calientes, como esa luna que atestiguaba ese abrazo.

Se separaron y ordenaron sus ropas, en silencio. Volvieron hacia la casa, caminando con la misma parsimonia con que habían salido.

A mitad de camino, desde las sombras, se les acercó una figura. Ramiro se erizó cuando se dijo que alguien podía haberlos visto. Y se paralizó, espeluznado, cuando reconoció al inspector Almirón.

Capítulo 15

–Buenas noches –dijo Almirón. Luego se dirigió a Araceli–. Buenas noches, señorita.

Ramiro y ella lo saludaron con bajadas de cabeza.

–Doctor, necesito que nos acompañe.

–¿A esta hora, inspector?

–Sí, por favor –y nuevamente miró a Araceli–. Vaya nomás a su casa, señorita Tennembaum.

Araceli obedeció sumisa, y se alejó sin despedirse de ninguno. Ni siquiera dirigió una mirada a Ramiro.

–¿Es esto un arresto, inspector? ¿A qué se debe?

–Le pido que nos acompañe y luego hablaremos, en la Jefatura.

–¿Una cuestión rutinaria, otra vez?

–Doctor: estamos tratando de ser muy discretos.

–En este país, la discreción no suele ser la característica de la policía, inspector.

–Acompáñenos, por favor.

Almirón se dio vuelta y fue hacia un Falcon de color gris claro. Ramiro observó que no tenía patente. También vio que, del otro lado del camino, salía un sujeto bajo, regordete, enfundado en un lustroso traje de tela sintética azul marino. Los tres subieron al coche, que era manejado por un tercer policía, un moreno enorme que estaba en mangas de camisa y tenía un pañuelo húmedo de sudor en la mano.

Viajaron a Resistencia en completo silencio. Ramiro prefirió no insistir con sus preguntas ni sus ironías. El ambiente en el Falcon era gélido, a pesar del calor de la noche, así que se dedicó a mirar la luna, desde la ventanilla. Estaba caliente; todo el país estaba caliente ese diciembre del 77. Recordó a Araceli, pensó en el lío en que se había metido y sintió pánico.

Cuando arribaron a la Jefatura, Almirón y el petiso lo llevaron a la misma habitación en la que habían estado al mediodía. Un foco de cien watts iluminaba brillantemente la estancia y producía mucho calor. Lo hicieron sentar en una silla. Almirón tomó la otra, adelantó el respaldo y empezó a mirarse las manos, como indicando que disponía de todo el tiempo del mundo. El otro se quedó en la puerta, semicerrada.

—Mire, doctor —dijo Almirón, dando un suspiro prolongado, que quiso ser dramático—, le voy a ser claro: en este asunto hay un montón de cosas que no concuerdan. Cuénteme de nuevo, con todos los detalles, qué hizo anoche.

Ramiro obedeció. Durante un largo rato, con voz firme, repitió todo lo que ya había contado.

Amplió detalles, narró el encuentro con el patrullero y explicó de qué hablaron con Tennembaum: de la amistad del médico con su padre; de
Foucault (Ramiro dio por hecho que Almirón no
tenía idea de quién era, pero le sirvió para evocar
una vez más su procedencia parisina); y concluyó
diciendo que su madre podría certificar a qué
hora había llegado a la casa. Cuando terminó, se
sintió satisfecho de su relato.

–¿Quiere que le diga la verdad, doctor? –dijo
Almirón, asintiendo repetidas veces con la cabeza.

Ramiro lo miró, frunciendo el ceño.

–Creo que todo lo que cuenta es cierto en un
99 por ciento. Me preocupa el uno restante.

Ramiro siguió mirándolo, sin responder. Estaba acorralado, pero el silencio era su carta. Simplemente, se mantendría en esa versión. Podría
repetirla veinte veces, y de ahí no lo sacarían. A
medida que la dijera, por otra parte, él mismo se
convencería aún más de que así habían sido las
cosas. Y si lo acusaban directamente, su respuesta
sería la negación. Negaría y negaría.

Almirón empezó de nuevo:

–Es llamativo que hay más huellas digitales su-
yas que de Tennembaum en el coche. En el volante y en la palanca de cambios.

–El que manejó casi todo el tiempo fui yo.

–Pero según su relato, usted no tiene por qué
saber cuánto tiempo manejó Tennembaum –saltó
el inspector.

Ramiro se dijo que era un idiota. No debía hablar de más.

–Usted me dijo que él se estrelló o lo que fuera. Tuvo que haber manejado lo suficiente, ¿no?

–Precisamente por eso me llama la atención que haya tan pocas huellas de él. Como si lo hubieran dormido, de un golpe –y miró a Ramiro a los ojos– y luego le hubiesen colocado las manos para imprimir sus huellas.

Ramiro se encogió de hombros. Pero tenía mucho miedo. Tragó saliva y miró el foco, para distraerse.

–Y otra cosa –Almirón hablaba despacio, como si estuviera muy cansado. Con cierta resignación–, porque a mí me da la espina de que a Tennembaum lo pusieron frente al volante. ¿Usted no vio si él subió a otra persona en el auto, después que lo dejó en su casa?

–No. Si así hubiera sido se lo habría dicho.

–Claro.

Almirón encendió otro cigarrillo. No le convidó.

–Y el forense dice que el cadáver tenía una magulladura, como un moretón, aquí, en el mentón –y se tocó el suyo, dándose dos palmadas–. Para mí que le pegaron para dormirlo, después lo pusieron frente al volante y echaron a andar el coche.

«Usted es muy imaginativo», estuvo tentado de decir Ramiro. Pero se había juramentado a no hablar sino ante preguntas concretas. Sin embargo, alzó la cabeza y dijo:

–¿Usted está pensando que yo lo maté?

Almirón lo miró y se sostuvieron las miradas durante unos segundos. Ramiro se dijo que ese hombre era muy astuto; no tenía un pelo de tonto.

–En algún lugar me da la espina que sí, qué quiere que le diga –el tipo parecía lamentarse de lo que decía–, pero no puedo probarlo. No encuentro el motivo que usted podría tener, aunque... Mire, usted es un hombre joven y brillante, estudió en Francia, eso no es común por estas tierras. Y regresa en un momento muy especial para el país. Tengo entendido que va a ser profesor en la universidad, carece de antecedentes, tiene muy buenas relaciones, contactos, no está contaminado por todo lo que está pasando... Además, hemos comprobado su vieja amistad con la familia Tennembaum. Entonces no me explico por qué razón querría matar a ese médico pueblerino. Aunque... ¿qué relación tiene usted con la señorita Tennembaum?

Ramiro debió reprimirse para no dar un brinco en la silla. Pero sintió que debajo suyo sus músculos se contraían. Pensó, para sí, que podría cortar un alambre con el culo.

–Somos amigos. De la familia. Cuando yo me fui del Chaco ella era muy chica. Sólo volví a verla anoche.

–Está muy linda, ¿no? –Almirón lo miraba, alzando una ceja. No sonreía, pero a Ramiro le pareció que sí.

–Sí, muy linda.

Capítulo 16

Otra vez se quedaron mirándose, durante unos instantes, hasta que Ramiro se reprochó que era estúpido seguir haciéndose el valiente. Debía aparentar naturalidad, pero no la encontraba. No podía encontrarla. Al menos, se recomendó, se haría el fastidiado; cruzó las piernas y se recostó en el respaldo.

–Hay una persona que quiere hablar con usted –dijo Almirón. Y se puso de pie y llamó al petiso. Le hizo una seña con la cabeza, que el otro entendió. Se fue, casi corriendo. Ramiro se asustó. Su corazón latía apresuradamente.

Enseguida llegó un hombre de estatura mediana, muy delgado, más que Almirón. Debía tener unos cincuenta años. Vestía un pantalón de hilo color crema, una camisa a rayas celestes y blancas impecablemente planchada y lucía un pañuelo de seda en el cuello. Era un tipo bronceado, de los que llevan muy buena vida, y sobre el labio superior, muy carnoso, se montaba un pequeño bigote con algunas canas, que hacían juego con las de las patillas. En el anular izquierdo llevaba un enorme anillo de sello, de oro macizo.

Se sentó sobre el escritorio y empezó a balancear una pierna. Por el engreimiento y la seguridad del tipo, Ramiro se dijo que no podía ser otra cosa que militar.

–¿Sabe quién soy?

–No tengo el gusto.

–Teniente coronel Alcides Carlos Gamboa Boschetti.

Ramiro alzó una ceja.

–¿No le dice nada?

–No, lo siento.

–Claro, usted es nuevo, acaba de llegar. Yo soy el Jefe de Policía de la Provincia.

El tipo parecía fascinado consigo mismo.

–Mucho gusto –dijo Ramiro.

El hombre asintió varias veces. Después estiró los labios hacia adelante, mientras se acariciaba el mentón.

–Está usted en un problema muy serio, doctor Bernárdez.

–Me doy cuenta, pero qué quiere que le haga. Ya dije dos veces lo que tenía que decir, y parece que el inspector Almirón no me cree.

–Ése no es el tema –dijo el militar, en tono confianzudo, casi amistoso; y suspiró–: Se lo voy a poner muy clarito: nosotros sabemos que usted mató al doctor Tennembaum. Podría darnos más o menos trabajo probarlo, pero eso es lo de menos. Si acá la policía quiere probar algo, lo hace y listo, ¿me entiende? Porque no vaya a pensar que acá estamos en Francia, doctor; no, aquí estamos en un país en guerra, una guerra interna pero guerra al fin. ¿Mhjú? De modo que quiero que nos entendamos.

—Yo no maté a nadie.

—Mi querido doctor Bernárdez, cuando digo que quiero que nos entendamos, quiero decir que nosotros sabemos que usted lo mató a Tennembaum. No lo estamos suponiendo. No está muy claro por qué lo hizo, y a mí, le voy a ser franco, me preocupa poco descubrirlo. Si realmente nos proponemos hacerlo hablar... —hizo una pausa— usted debe saber que podemos conseguirlo. Tenemos formas... ¿Ehé?

Ramiro sintió un escalofrío. Recordó las denuncias que había oído y leído en París, de los exiliados. Nunca había creído del todo en las barbaridades que se decían. Acorralado, decidió jugarse.

—¿Me van a torturar, teniente coronel? Creí que esos métodos los reservaban para los guerrilleros. O para los que ustedes consideran subversivos.

—Yo lo pondría en otros términos, pero no es asunto para discutir con usted. Lo que quiero decir es que... —dudó un instante— es una lástima que tan luego usted se vea involucrado en este crimen.

–¿Por qué «tan luego yo»?

–Porque esperábamos mucho de usted. No nos sobran hombres preparados y sin contaminación ideológica.

–¿Qué quiere decir?

–Voy a ser claro nuevamente, doctor: usted no está siendo admitido en la universidad sólo por sus estudios, ni por sus títulos. En el proceso en el que estamos empeñadas las fuerzas armadas, ello no es posible, sin nuestro consentimiento. Usted viene a ser lo que yo llamaría un hombre de reserva, una persona en estudio. Que nos interesa mucho. Y hasta ahora sus antecedentes son impecables. ¿Se da cuenta? Y este..., digámoslo, este asesinato enturbia todo. Por eso quiero que nos entendamos, y se lo voy a decir de una buena vez: si usted confiesa, podemos ayudarlo.

–No creo entender lo que me propone, aun en el caso de que yo fuera el asesino –Ramiro luchaba por no cerrar los puños, por no aferrarse a la silla; estaba aterrado.

–Digo que si confiesa podemos arreglar las cosas. Atenuarlas en todo lo posible –subrayó el «todo»–. Usted se imagina que en cualquier crimencito, de los que acá suceden cada muerte de obispo, no viene el jefe de policía a hablar con el sospechoso, ¿no? Se dará cuenta que yo tengo otros asuntos que atender, de orden político, de interés nacional. De modo que si yo vengo a verlo es porque usted nos interesa. Nos interesa usted; no ese borracho. Y porque puedo ayudarlo. Quiero ayudarlo. ¿Me entiende?

–Yo no maté a nadie.

–¡Carajo, Bernárdez! –se acomodó el pañuelo del cuello–. Todo lo que tiene que hacer es confesar, y sale derecho. Yo lo arreglo. Y después charlamos, porque nosotros estamos empeñados en un proceso de largo plazo, entiéndalo. Un proceso en el que el verdadero enemigo es la subversión, el comunismo internacional, la violencia organizada mundialmente. Nuestro objetivo es exterminar el terrorismo, para instaurar una nueva sociedad. Y si le pido que confiese es porque también debemos ocuparnos de cualquier crimen, cualquiera sea su causa, porque necesitamos construir una sociedad con mucho orden. Pero se trata de un orden en el que no podemos permitir asesinatos, y menos por parte de gente que puede ser amiga. ¿Me entiende? Y además, un asesinato es una falta de respeto, es un atentado a la vida. Y la vida y la propiedad tienen que ser tan sagradas como Dios mismo.

–Pero yo no maté a Tennembaum. Y tampoco sé si colaboraría con ustedes.

–Eso habría que verlo. Porque en este país, ahora, o se está con nosotros o se está contra nosotros. No hay neutrales.

Ramiro hizo silencio. Gamboa Boschetti se acomodó el bigote con las dos manos, una para cada lado. Después sacó de un bolsillo un pañuelo perfumado, con olor a lavanda, y se secó la frente. Luego volvió a hablar, en tono amistoso:

—Mire, ahora el asunto es que usted confiese buenamente, y nosotros arreglaremos las cosas del mejor modo posible. Obviamente, no querríamos que usted quede manchado.

Ramiro se moría de ganas de preguntar qué pasaría en caso contrario, si no confesaba, pero eso hubiera sido delatarse. Estaba asombrado del discurso de ese hombre pulcro, seductor, confianzudo. Pero el miedo seguía siendo su sentimiento principal y, curiosamente, su mejor carta para seguir en silencio. Volvió a decirse que no podían probarle nada; era un hecho que mientras no encontraran un motivo, es decir, mientras no supieran lo sucedido con Araceli, no podrían sostener una acusación de asesinato. Probablemente él era la última persona, en el Chaco, que podía tener motivos para matar a Tennembaum. Claro que más tarde debería hablar con la muchacha sobre una necesaria discreción, pero ése era otro tema. Además, aunque ella lo enloquecía de excitación, no estaba seguro de que quisiera seguir esa relación. Pero todo eso quedaba para después. Ahora, seguiría negando, si bien Gamboa Boschetti había sido claro en su amenaza de hacerlo torturar.

—¿Qué me dice? —preguntó el militar.

—No sé qué espera que le diga, teniente coronel.

–¿Va a confesar?

–No tengo nada que confesar.

–Es testarudo, ¿eh? –el tipo parecía divertirse con ese asunto–. Pero mire que nosotros tenemos otras cartas para hacerlo hablar, Bernárdez. Y no sólo las que usted se imagina; ésas pueden esperar... Tenemos un camionero, por ejemplo...

Capítulo 17

Ramiro volvió a sentir el fruncimiento debajo suyo. El corazón pareció detenérsele. Pero como ya estaba tenso, pensó que no aparentaría estarlo más por el golpe bajo del militar. Si le hubiesen medido la adrenalina en ese momento, se dijo, casi habría suplantado a la sangre. Paralizado, trató de no respirar, mientras Gamboa indicaba que trajeran al testigo.

El hombre entró en la oficina, seguido de Almirón. Era más bajo que lo que Ramiro había pensado, pero igualmente fuerte y musculoso. Sus brazos eran impresionantes y el tatuaje un corazón con iniciales. Vestía una camisa de brin, de mangas cortas, un jean gastadísimo y alpargatas. Llevaba en la mano un sombrero tirolés, de tela impermeable y con una plumita al costado, absolutamente ridículo para esa noche tan caliente de verano. Tenía miedo, se notaba que tenía miedo de estar en la Jefatura de Policía.

—Buenas —dijo, con voz melindrosa.

Gamboa, desde el escritorio en que seguía sentado, y sin dejar de mover una pierna, le espetó:

–¿Conoce a este hombre? –señalando a Ramiro.

El tipo manoseó el sombrerito que tenía contra su estómago. Encogió un poco los hombros y miró a Ramiro, estudiándolo. Éste también lo miró, diciéndose perdido por perdido, estoy jugado. Alzó el mentón, con cierta altanería, y confió en que su aspecto de universitario, con ropa limpia y bien peinado, podía amilanar al camionero.

–No estoy seguro.

–Párese –ordenó Gamboa a Ramiro, con voz muy seca.

Ramiro se puso de pie.

–Dé una vuelta al escritorio.

Ramiro lo hizo. Gamboa volvió a dirigirse al camionero.

–¿Y, lo reconoce?

–Es parecido, señor, pero... la verdad, no estoy seguro. Estaba muy oscuro y yo venía distraído.

–Carajo, estuvo sentado un rato al lado suyo, ¿no? Con que sea parecido no ganamos nada. Es o no es.

El camionero parecía tan aterrorizado como Ramiro. No dejaba de jugar, histéricamente, con su sombrerito tirolés. Sacó la lengua, se la pasó por los labios.

–Quizá si el señor hablara...

–Diga algo –ordenó Gamboa a Ramiro.

–No sé qué es lo que quiere que le diga, teniente coronel –Ramiro eligió las palabras y las pronunció con exactitud, casi académicamente–.

Nunca en mi vida he visto a este hombre, y no sé qué es lo que usted se propone.

Cuando terminó, se sintió orgulloso de su discursito.

–¿Y? –urgió Gamboa al camionero.

–No, señor, la persona que llevé era un paraguayo. El señor se le parece, pero no habla como el que llevé.

–Cualquiera imita a los paraguayos –intervino Almirón, desde atrás del camionero, que se dio vuelta, asustado como si hubiese escuchado la voz de Dios.

–Olvídese de cómo habla –dijo Gamboa, mirando al sujeto a los ojos, muy fríamente–. ¿Diría que es la persona que llevó, o no?

–Pues... Me parece que era de otra condición. Este señor...

–Pudo estar sucio y cansado –dijo Almirón–. Usted simplemente tiene que decir si lo reconoce o no. Y no tenga miedo, mi amigo, la verdad no ofende.

El hombre agradeció con los ojos.

–¿Sí? –Gamboa hizo un círculo con el pulgar y el índice, y lo agitó de arriba abajo–. ¿O no?

–Estéee... Creo que sí, señor.

–Gracias –Gamboa sonrió, satisfecho–. Que se retire, Almirón.

Los dos salieron y Gamboa encendió un cigarrillo. Se puso de pie y caminó alrededor de Ramiro. Se detuvo a sus espaldas.

–Está perdido, Bernárdez.

Capítulo 18

Después lo dejaron solo, y él escuchó que Gamboa daba órdenes de que a primera hora de la mañana se le tomara una declaración formal, reproduciendo el interrogatorio de Almirón. Más tarde, el petiso que hacía guardia habló algo con un agente de uniforme que entró y se hizo cargo de él. En silencio, y con un trato indiferente, éste lo condujo a la guardia, donde un tercer policía le tomó los datos y le pidió la cédula, que depositó en un cajón. Luego, le sacaron el reloj, el cinturón y los cordones de los zapatos. También tuvo que dejar su billetera, y finalmente le revisaron los bolsillos, que estaban vacíos.

Entonces volvieron al interior del edificio y, después de cruzar una puerta, lo llevaron a un sótano maloliente, donde había una docena de celdas. El policía abrió una y, con un breve cabezazo, le indicó que entrara. Después cerró la puerta, que era de acero compacto y con una mirilla cuadrada en la parte superior. Hizo mucho ruido.

Durante todos estos procedimientos, Ramiro volvió a reconocer su miedo y su cansancio. Pensó que, no obstante la aparatosidad del Jefe de Policía, no debía temer demasiado de la declaración del camionero. En un tribunal, su afirmación no era demasiado sostenible. Era obvio que el camionero estaba aterrado y que Gamboa, torpemente, lo había intimidado. Si lo hicieran jurar ante una Biblia, y ante un juez de instrucción más o menos imparcial, el tipo expresaría sus dudas y su convicción de que había transportado a un paraguayo, que en todo caso era muy parecido al acusado. Pero lo que sí lo preocupaba era la amenaza velada de Gamboa. No creía, no quería creer, que fueran a torturarlo, pero a cada momento se decía que estaba en el Chaco, en la Argentina de 1977, y que si algo faltaba en ese contexto eran garantías. «No vaya a pensar que estamos en Francia, doctor», le había dicho Gamboa.

Bien que lo sabía, y de todos modos había elegido volver. Entre otras cosas, por aquella inexplicable nostalgia sentida en esos ocho años, por la posibilidad de iniciar una carrera docente en la Universidad del Nordeste, y acaso, aunque no estaba seguro, porque sabía que con su currículum no le sería difícil encumbrarse políticamente. En ese sentido, Gamboa había acertado, le gustara o no reconocerlo, en las perspectivas de éxito social que estaban comprometidas ahora, por este asunto. Claro que él, se dijo, de ninguna manera debió caer en la tentación de confesar. Se felicitó por ello. Cualquier promesa de ese hombre era sospechosa, no confiable.

La celda era sencillamente asquerosa. Tendría, calculó, dos metros por tres, y el piso de cemento estaba húmedo. No supo si de orín, porque el olor a amoníaco era muy fuerte, pero no le quedó otra alternativa que sentarse, en un rincón que supuso más seco. El techo parecía muy alto. No había ventanas y apenas, por la mirilla, entraba un rayito de luz. La penumbra era compacta y, aunque al bajar le había parecido que el sótano era fresco, enseguida empezó a sentir un calor espeso, viscoso. Le iba a costar mucho poder dormirse, a pesar del cansancio que traía. Era la segunda noche de tensión, de sentirse perseguido y acosado.

De pronto, estridentemente, se escuchó un chamamé. Parecía ser una radio, encendida a todo volumen. El bandoneón chillaba, mal sintonizado, y un dúo cantaba un amor perdido en medio de palmeras y arenales interminables. Ramiro se removió inquieto, y se enojó consigo mismo por todo lo que estaba pasando. No había sabido ser frío, prudente. ¿Por qué se había descontrolado? ¿Cómo era posible que por su calentura se hubiese convertido en violador y en asesino? Se reconoció amargado, furioso, y dio una trompada a la pared, que le respondió con un ruido seco, ahogado, y un ardoroso dolor en los metacarpos. «Es que es hermosa, carajo, diabólicamente hermosa», se dijo, pensando en Araceli. ¿Pero cómo un tipo como él podía haberse enloquecido de ese modo? Y sí, podía. Cada vez que se lo cuestionaba, debía reconocerlo: esa chica era el demonio reencarnado; Mefistófeles que vino a cagarme la vida. Sonrió a la oscuridad, pero fue una sonrisa triste.

Y entonces se apagó el sonido de la radio, que durante un largo rato había pasado chamamés, rasguidos dobles y avisos comerciales. Ramiro creyó escuchar, en el silencio retornado, un gemido, lejano. Y más tarde volvió a escucharse la radio, ahora atronando el silencio con un tema de Charly García que evocaba la soledad de estar solo. Y también escuchó la puteada gangosa, abyecta, de otro preso, que le pareció habitante de la celda de al lado.

En algún momento, a pesar de la música y el calor y la humedad, se quedó dormido. Hasta que lo despertó la voz del inspector Almirón, a través de la mirilla.

Ramiro no supo cuánto tiempo había dormido, pero le pareció que muy poco; la oscuridad era la misma. En esa celda se perdía la dimensión del tiempo, y él se sentía tan cansado como si en vez de dormir hubiera trabajado toda la noche. Y en cierto modo así había sido.

–¿Qué quiere, ahora? –preguntó hacia la mirilla.

–Venga, acérquese.

Ramiro se puso de pie. Estaba entumecido; le dolían los huesos, se sentía mojado, sucio, gelatinoso. Hacía mucho calor. Fue hacia la puerta.

–Qué hay.

–Va a salir. Pero antes quiero hablar un par de cosas.

–¿Por qué voy a salir? ¿Cambiaron de idea? ¿O encontraron al asesino?

–No se haga el chistoso; el asesino es usted. Yo no tengo ninguna duda, e incluso ahora creo que ya sé por qué lo hizo –Almirón se rió, mientras abría la puerta–. Y hasta creo que lo envidio. En cierto modo.

Ramiro salió, achicando los ojos con recelo. Puta madre, se dijo, otra vez volver a estar alerta. Otra vez el miedo producido por esta endemoniada situación en que se había metido.

Afuera estaba más claro. Le pareció que ya era de día. Lo preguntó. Almirón respondió que eran las siete y media y quiso saber cómo se sentía.

–Como el culo. Jodieron toda la noche con una radio.

–Y, los muchachos tuvieron mucho laburo.

Ramiro preguntó si podía ir al baño. Almirón lo llevó hacia una puerta, al final del pasillo al que daban todas las celdas. Lo esperó ahí, mientras él iba al mingitorio y luego se lavaba la cara y las manos y se mojaba el pelo. Cuando se dio vuelta para salir, Almirón sonreía. Le ofreció un cigarrillo, que aceptó.

—¿De qué se ríe?

—Usted es un fenómeno, doctor.

Lo dijo en un tono divertido. A Ramiro le llamó la atención que en la ironía había también, sincero, un sentimiento de admiración.

—¿Por?

—Usted dijo que su madre podía certificar que usted, antenoche, volvió a su casa a las cuatro, ¿no?

Ramiro desconfió; su columna se puso rígida.

—Así es —lenta, cautelosamente.

—Sin embargo, la señorita Tennembaum dice que usted pasó toda la noche del crimen con ella. En su cama.

Ramiro abrió la boca, de pronto petrificado. Miró a Almirón sin verlo, dándose cuenta de que no iba a decir nada; sencillamente se le había caído la mandíbula.

—Por eso le dije que lo envidiaba, ché —dijo el otro, confianzudo, jocoso—. Usted es un fenómeno. Pero para mí sigue en una situación de mierda.

Se puso serio y los ojos se le congelaron.

—Pero... —se alertó Ramiro, intuyendo una trampa—. Pero los policías del patrullero que nos detuvo confirmaron haberme visto con Tennembaum a las tres y pico.

—Así es. Pero ella dice que usted regresó a su habitación y que juntos vieron cómo Tennembaum se iba en el Ford, completamente borracho.

Por supuesto, no le creemos ni una palabra, pero es una declaración y por ahora lo salva.

–¿Por ahora?

–Claro –dijo Almirón, fría, letalmente–, porque me da en la espina que nos vamos a volver a ver. Salga.

Capítulo 19

En la guardia le devolvieron todas sus cosas, que recibió como un autómata. Cuando salió por la puerta que le indicó Almirón, se miraron unos segundos; el policía pareció decirle, con los mismos ojos fríos, que no se le ocurriera pensar que todo había terminado. Ramiro quiso decirle que no daba más, que estaba exhausto.

En la recepción del edificio, sentadas en una larga banca de madera y recostadas contra la pared, estaban su madre y Carmen, las dos en silencio, llorosas, vestidas de negro. Junto a ellas, con las piernas cruzadas y fumando despreocupadamente, aunque con el aire circunspecto que le daba un traje Príncipe de Gales de poplín, estaba Jaime Bartolucci, un abogado amigo que había sido su compañero en la secundaria. De pie junto a una ventana que miraba a la calle, con sus vaqueros ajustados y una breve remera verde, de mangas cortas, que se apretaba a sus formas todavía incipientes, Araceli controlaba la puerta de la guardia con los brazos caídos, las manos cruzadas sobre el pubis y su mirada lánguida.

Cuando lo vio salir, pareció despertar. Corrió hacia él y se le colgó del cuello, besándolo y diciéndole «mi amor, mi amor», en voz muy alta, que pareció encontrar un sonoro eco en el salón. Ramiro se quedó rígido, avergonzado. Carmen se largó a llorar histéricamente, sonándose con un pañuelito, y Jaime se puso de pie como impulsado por un resorte. María fue hacia él, moviendo la cabeza:

—Qué hiciste, Ramiro... —se lamentó.

Mientras, Araceli se soltó, lo tomó del brazo y le explicó, en la misma voz alta, segura:

—Les dije toda la verdad, mi amor, que estuviste toda la noche conmigo y que estamos enamorados.

Ramiro tragó saliva y suspiró profundamente. Cuando salieron, supo que Almirón lo miraba desde algún lado, y le pareció recordar —o escuchar— vagamente un chamamé.

Cuarta parte

Y lo que no sabes es lo único que sabes, y lo que posees es lo que no posees. Y donde estás es donde no estás.

T. S. ELIOT
Miércoles de ceniza

Capítulo 20

Se pasó todo el día en la cama. El ruido del ventilador de pie lo ayudó con una ligera sensación de bienestar. Pero la somnolencia lo fue ganando. Durmió, tuvo pesadillas, se despertó muchas veces. No quiso levantarse al mediodía para comer. Volvió a despertarse a las tres y media de la tarde, y a las cinco, y cada vez decidió seguir durmiendo.

Era el atardecer cuando encendió un cigarrillo y se quedó mirando cómo la luz del día se apagaba del otro lado de las persianas metálicas.

Se sentía deprimido. Momentáneamente se había salvado, sí, pero recordaba la advertencia de Almirón: «Usted sigue en una situación de mierda». Y tenía razón. Todo estaba en contra: en primer lugar, atrapado por Araceli, a la que no amaba ni mucho menos. En segundo lugar, no había evitado el escándalo, porque ya en los diarios de esa mañana −que había leído antes de dormirse− se lo vinculaba, elípticamente, al posible asesinato de Tennembaum. *El Territorio* y *Norte*, los dos diarios locales, daban mucho despliegue al caso. Nunca había crímenes resonantes en el

Chaco, y éste era un asunto precioso para ellos. Era previsible que al día siguiente, aunque después se lo desvinculara, su nombre volvería a aparecer. ¿Y cómo explicarían, después, que estaba fuera del caso? ¿Y qué dirían Gamboa y Almirón, que ayer habían asegurado que estaban sobre pistas seguras y que de un momento a otro atraparían al asesino? ¿Qué asesino mostrarían a la prensa? Porque ellos habían descartado, también ante los periodistas, que se tratara de un accidente, mucho menos de un suicidio. No había una imputación desmesurada contra él, pero, de hecho, su nombre aparecía involucrado. Cierta cuota de escándalo era ya imparable. Resistencia no escatimaría lengua para un caso así.

En tercer lugar, aunque se desligara bien del asunto, para las autoridades universitarias eso podía ser definitivo. Peligraba, no podía ocultárselo, su nombramiento. Máxime porque no se había mostrado cooperativo, sino todo lo contrario, con Gamboa Boschetti. Y éste había sido claro: «Usted no está siendo admitido en la universidad sólo por sus estudios, ni por sus títulos». ¿Qué diría, hoy, a los periodistas, el Jefe de Policía? ¿Que se habían equivocado? Eso era ilusorio. No darían a la prensa la versión de Araceli, naturalmente, porque se trataba de una menor y porque la policía quedaría en ridículo. Pero ese temible teniente coronel era capaz de cualquier nuevo golpe bajo.

Y no podía huir. ¿Volver a París?, imposible: no tenía dinero. Y aunque lo tuviera, Gamboa y Almirón lo harían seguir en Buenos Aires, por la Federal, y le obstruirían la revalidación del pasaporte. Francia no era un país limítrofe, precisamente. Pero sobre todo, estaba claro que mientras no tuvieran un asesino –y no lo podían tener– él iba a seguir en la mira. Lo había dicho ese hombre: lo tenían todo controlado.

¿Y Araceli? ¿Por qué había hecho todo eso? Estaba loca esa chica. Una especie de Mefistófeles, de veras, y no era para reírse. ¿Por qué lo había salvado, con esa coartada indestructible, si evidentemente ella sabía que él había matado a su padre? ¿Era un monstruo, esa muchacha? Loca o monstruo, se dijo, era de temer, porque lo tenía atrapado. Porque evidentemente ella lo sabía todo; y ahora lo salvaba, sí, pero él jamás podría confiar en ella. De hecho, estaba entrampado. ¿Y si estuviera haciendo todo eso justamente para vengar la muerte de su padre y la violación de que había sido objeto? Podía ser... ¿Y cómo se vengaría? ¿Qué le haría a él? ¿Matarlo? ¿Hacerlo su marido, acaso? Bueno, él sabía, ahora, que Araceli era capaz de cualquier cosa, y todas imprevisibles. El doctor Fausto estaba perdido.

Además, debía odiarlo. Sí, por más que fuese lasciva, caliente, insaciable, debía odiarlo. Aunque no, porque si así fuera, ¿le haría el amor de ese modo tan brutal, salvaje, desesperante con que siempre quería que él la poseyera? ¿Y si se había enamorado? Estaba loca. No la entendía. Eso era lo único cierto respecto de ella. Increíble: una adolescente, apenas una niña hiperdesarrollada, corrompida prematuramente, lo tenía en sus manos. Y él, sin escapatoria. Todavía no terminaba de olvidar a Dorinne. Habían sido felices; él lo había sido, hasta que... Bueno, pero ése era otro tema. Ahora estaba atrapado.

Pero ¿querría casarlo ella? ¿Querría cazarlo? Dios, era una idea abominable, absurda. Él estaba en la plenitud de su vida, y aunque todavía se sentía enamorado de Dorinne, aquella encantadora francesita de Vincennes, no le disgustaba su actual soltería, y menos ante la perspectiva de relevancia social, en su tierra, donde era reconocido y hasta admirado. No, claro que no quería casarse, y menos con esa muchachita aterradora. Sí, lo calentaba desmesuradamente; lo excitaba hasta perder todo control, y era maravilloso hacerle el amor. En su vida había conocido a una mujer tan fogosa, pero... ¡tenía sólo trece años! Era una situación ridícula. Y además, Araceli iba camino de ser putísima, él no podría con ella, era insaciable. ¡Y apenas estaba empezando! Carajo, se dijo, va a ser muy puta y yo seré un cornudo toda la vida, quién le aguanta el tren. Se removió en la cama, suspirando. Y un cornudo infeliz, para colmo.

No, no se iba a casar. Punto.

Pero no encontraba escapatoria. Se sentía como un gato detrás de la heladera, acosado y con miedo.

Sí, seguía en una situación diabólica.

Capítulo 21

A las ocho y media de la noche, Araceli lo llamó por teléfono y le dijo que estaba en casa de una amiga, en Resistencia, y que quería que él la llevara a Fontana. Ramiro no pudo decirse, después, cuando lo pensó de nuevo, que la voz de ella hubiera sido perentoria, pero sí que su tono tenía una cierta firmeza indiscutible. No, no era urgencia; era firmeza. Él no tenía ganas de verla esa noche. Pero la voz de Araceli contenía una incitación irrebatible.

En la casa estaba el novio de Cristina, un muchacho mofletudo y de anteojos de metal, muy miope, que no fue capaz de negarse cuando Ramiro le pidió el coche. Tampoco quiso hacer eso: pedir otro coche prestado. Pero no pudo evitarlo. Araceli le pedía que fuera a buscarla y él iba, así de sencillo, se dijo, cuando arrancó el pequeño Fiat 600, soy un pelotudo.

Esa casa quedaba a menos de quince cuadras, sobre la avenida Sarmiento. Ramiro tocó dos breves bocinazos, que sonaron aflautados, y Araceli salió. Estaba realmente hermosa: llevaba una pollera de tela de jean y una camisa escocesa con el botón abierto en medio de sus pechos. Calzaba unas sandalias de cuero, de tacón bajo, y el largo pelo negro, suelto, le caía sobre los hombros y la hacía parecer una niña juguetona, impaciente. Cuando Ramiro la vio caminar hacia el coche, con esa coquetería natural, no preparada, no pudo evitar morderse los labios. Verdaderamente, Araceli estaba espléndida, joven, fresca como una frutilla de Coronda.

En cuanto cerró la puerta, él arrancó. Sin que le preguntara nada, y después de darle un beso en la boca, muy húmedo, ella contó que había pasado todo el día con esa amiga porque el ambiente en su casa era insoportable, mamá lloró y lloró y va a seguir llorando, y mis hermanos están deshechos, y además no veía la hora de verte, hablé varias veces a tu casa y tu mamá me dijo que dormías; me atendió mal tu mamá, ya no le gusto, y se rió, con una carcajada sonora.

Ramiro se preguntó de qué estaba hecha esa muchacha. Evidentemente, no había llorado ni un segundo.

—Araceli, creo que tenemos que hablar, ¿no?

Ella lo miró, frontalmente, sentándose sobre sus propias piernas. Él conducía, pero se dio cuenta de que ella lo escrutaba. Le pareció que de pronto se había puesto muy seria.

—¿De qué?

–Bueno..., de todo lo que pasó. Pasaron muchas cosas.

–Yo no tengo nada que hablar de eso. No quiero hablar.

–¿Por qué no?

–No quiero porque no quiero.

Y encendió la radio del coche, sintonizada en una emisora brasileña que pasaba una canción de María Creuza. Ramiro frunció el ceño pero no dijo nada. Manejó en silencio, y atravesó el centro de la ciudad. Ella se movía, en el asiento, al compás de los temas que pasaban por la radio.

–¿Adónde te llevo?

–A donde quieras. Salgamos de la ciudad.

–¿A Fontana?

–A donde quieras –y siguió moviéndose, ahora con un tema de Jobim.

Ramiro enfiló hacia el triángulo carretero. Vio pasar las parrillas de las que venían esos exquisitos olores a asados y achuras, los mal iluminados restaurantes para camioneros, y al rato estuvieron en la ruta. La noche estaba clara, iluminada por la luna llena. A velocidad regular, Ramiro tomó el camino a Makallé; de ahí pasaría por Puerto Tirol y llegaría a Fontana en una media hora.

Después que tomaron el desvío, abandonando la ruta 16, Araceli le pidió que se detuviera. Ramiro sintió que los músculos de su cuello se contraían.

–No, hoy no, nena, ¿eh? Pará un cacho.

No frenó el coche; siguió a la misma velocidad.

–Quiero –dijo ella, con voz de niñita perdida en un aeropuerto–. Lo quiero ahora.

Su respiración era entrecortada, ronca. Ramiro se dijo que no podía ser, que era insaciable; debía tener fiebre uterina y se la desperté yo, no puede ser, me va a exprimir, no quiero, y empezó a balbucear y a temblar, de su propia excitación, cuando sintió la mano de ella sobre su pantalón.

–Hoy no, te lo juro, estoy cansado –retirando la mano de ella y procurando no perder el control del auto–. Llevo dos noches sin dormir.

–Dormiste todo el día –dijo ella, como si se le hubiera roto su muñeca predilecta.

–Igual estoy cansado, Araceli, por favor, entendelo.

Y se quedaron en silencio y él siguió manejando, pero la espió por el rabillo del ojo y le pareció que ella hacía un puchero, como si estuviera por llorar. Los ojos le brillaban.

–No te enojes y entendeme, estoy muy cansado –dijo él.

Pero en realidad lo que tenía era miedo. Esa chiquilla era absolutamente imprevisible.

Lo aterraba el darse cuenta en manos de quién estaba. ¿Cuánto duraría esa coartada, que ella misma le había dado esa mañana, para sacarlo de la policía? ¿Cuánto tiempo podía aguantar él esa situación, junto a esa muchacha que lo excitaba hasta hacerle perder toda consciencia? ¿Y de qué forma podría controlarla a ella?

Araceli gimió, o se tragó unos mocos; él no supo precisarlo. Respiró agitada, caliente, y volvió a poner una mano sobre su sexo, que respondió erigiéndose como un mástil, como independizado de su voluntad. Ramiro sintió pánico. Estaba tan caliente como la luna, que otra vez brillaba sobre el camino. Quiso quitar nuevamente la mano, pero ella se echó sobre él y empezó a besarle el cuello y a gemir en su oído, llenándolo de saliva, una nueva Catón discurseando «Carthaginum esse delendam», pero Cartago era él, y no podía contenerla y sí, carajo, efectivamente iba a ser destruido. Y entonces tuvo que parar, a un costado del camino, porque el 600 zigzagueaba y él ni siquiera dominaba el volante.

Frenó en la banquina, cerca de una alambrada, y trató de separarse de Araceli, que estaba colgada de su cuello. Ella estiró una mano y apagó las luces del coche y movió la llave para cerrar el contacto. Y empezó a roncar, como una gatita en celo:

—Hacémelo, mi amor, hacémelo —y frenéticamente le descorrió el cierre del pantalón y se prendió de su sexo con una mano, mientras con la otra, tropezando, desesperada, se alzaba la pollera de jean. Y Ramiro volvió a ver, a la tenue luz de la luna que ingresaba al coche, los vellos brillosos sobre las piernas de color mate, y el minúsculo calzoncito blanco sobre el que se empenachaban los pelos de su pubis, y supo que no podía resistirse, que había llegado a la condición de marioneta. Profirió unas palabrotas cuando ella, en su excitación, le mordió el sexo, y entonces la agarró de su cabellera y la alzó, poniéndola a la altura de su cara y empezó a besarla, sintiéndose furioso y desbordado, reconociendo otra vez a la bestia en que se había convertido y se recostó un poco en el asiento y montó a la muchacha, enhorquetada sobre él, arrancándole de un tirón el calzoncito. La penetró con violencia, y ella en ese momento largó un grito y se largó a llorar, embrutecida de placer, de hambre. Y se zarandearon con torpeza, abrazándose, golpeándose en los hombros para incitar más al otro, y todo el cochecito se meneaba. Y así siguieron hasta que alcanzaron un orgasmo frenético, animal.

Y el 600 dejó de menearse.

Capítulo 22

Pasó un camión con acoplado, cargado de rollizos de quebracho, haciendo ruido, y el piso pareció temblar. Ramiro sintió que despertaba en ese momento. Tenía a Araceli montada sobre él; sus labios seguían pegados a su cuello pero ya no succionaban. Su pelo olía a un champú de limón; era un pelo espeso. Sus cuerpos estaban transpirados y, por sobre la espalda de ella, él alcanzó a ver su trasero y un pedazo de calzón. Se lo había destrozado. Se quedó así, mirándola, y luego contempló la noche más allá del parabrisas, mientras se regularizaba su respiración. Se sentía amargado; peor que esa tarde.

Quería fumar. Intentó separar a la chica para buscar sus cigarrillos, amarrados en el cenicero del coche. Pero cuando lo hizo, ella se aferró a él nerviosamente, dijo «no, no» y empezó a lamerle nuevamente el cuello, y a mover la cadera muy despacio, muy sensual. Él todavía estaba dentro de ella. Su sexo estaba más laxo, pero no del todo adormecido. Frunció el ceño y se preguntó qué más podía querer ella. Él ya no quería seguir. O sí, pero acaso no podía. O quería y podía pero a la vez no quería. Era el miedo. Tantas veces los juegos de palabras ocultan el miedo.

Entonces, para detenerla, le dijo lo que tanto ansiaba y temía decir:

—Araceli —en voz muy baja, hablándole al oído–, vos creés que yo maté a tu papá, ¿no?

—No quiero hablar —murmuró ella, despacito, con su voz aniñada–. Quiero seguir haciéndolo, estoy muy caliente... Dame más...

Y se movía rítmicamente, llevando sus caderas a los costados, y apretando su vagina, completamente mojada, palpitante sobre el sexo de Ramiro. Por momentos ella sufría como ataques de temblores, accesos espasmódicos. Como escalofríos. Ramiro observó que su sexo volvía a responder. Estaba exhausto, y no entendía qué más podía desear. Se sentía vacío, pero sin embargo su sexo se erguía otra vez, respondiendo a esa muchacha ardorosa, hirviente.

—Tenemos que hablar —dijo, quejoso.

—¡Mierda! —ella dio un salto, alzando el torso pero sin separar las ingles. Y comenzó a golpearlo con sus puños cerrados en el pecho, mientras corcoveaba sobre él–. ¡Dame más, dame más!

Ramiro la tomó de las muñecas y la apartó.

La empujó con toda su fuerza hacia el otro asiento y la estrelló contra la puerta. Pero ella se agarró del respaldo con una mano, y con la otra del espejo retrovisor, y volvió a erguirse. Él apenas la vio, por un segundo, con los ojos desorbitados, y le pareció ver un hilillo de sangre que le caía de la boca. En silencio, pero jadeantes, forcejearon hasta que ella, que tenía más fuerza que la que él había calculado, se le tiró encima, le arrancó la camisa y se prendió de una tetilla que mordió con fuerza. Él sintió una aguda punzada y se encolerizó. Brutalmente, le encajó un puñetazo en la nuca, que hizo que ella se soltara. Y entonces fue que la agarró del cuello y empezó a apretar.

Y apretó con toda su alma, mientras se decía que otra vez estaba loco, loco porque estaba atrapado, porque se había arruinado la vida, porque de todos modos era un asesino. Y apretó más porque la odiaba, porque no podía dejar de poseerla cada vez que ella quería, y así, lo sabía, sería toda la vida, y porque tenía miedo, pánico, y ya nada le importaba en ese momento. Y mientras pensaba y apretaba se largó a llorar.

Y vio la luna, o sus reflejos, que volvían a entrar para estacionarse, eternizados, en la piel de Araceli, que abrió los ojos desesperada y cerró sus manos sobre las muñecas de él, arañándolo, clavándole las uñas y haciéndole saltar la sangre, pero sin impedir que él siguiera cada vez con más precisión. Y él apretó y apretó y vio el rostro morado de ella, que comenzó a tener convulsiones y a emitir ruidos guturales de pecho que poco a poco se fueron haciendo más oscuros, más profundos, hasta que en un momento acabaron. Cuando acabó su resistencia.

Pero Ramiro, que lloraba también convulsivamente, acezante y aterrado por su propia violencia, no dejó de apretar. Nunca sabría cuánto tiempo estuvo así, pero no dejó de oprimir ni por un instante, mucho después de que Araceli se relajó totalmente, con el cuello quebrado y caído hacia un costado, como un clavel que cuelga de un tallo partido. Mucho después de que, sudoroso, agobiado por el calor, y todavía con su llanto carcajeante, casi silencioso, observó la rotación de la luna. Por sobre el cuerpo doblegado de Araceli, y de su cara amoratada que él tenía entre sus manos, la vio entera. Por fin la luna llena, la luna caliente de diciembre, la luna hirviente, ígnea, del Chaco.

Y volvió a horrorizarse cuando se dio cuenta de que estaba excitado; de que su sexo se había endurecido, como su corazón. Como un pedazo de granito.

Y eyaculó así, mirando esa luna candente.

Capítulo 23

Se bajó del coche, luego de poner en posición neutra la luz interior. Abrió la puerta derecha y sacó el cuerpo de Araceli. Lo arrastró hacia la banquina, alejándolo de la carretera, llevándolo de las muñecas. La abandonó junto a un poste de la alambrada de un campo sembrado de algodón.

Volvió al 600, lo puso en marcha y giró para regresarse a Resistencia. Aceleró hasta los cien kilómetros por hora. Cuando llegó a la ciudad eran las once y media de la noche.

Desde un teléfono público, llamó a su casa y le pidió a Cristina que fueran a buscarlo a La Liguria, frente al regimiento, donde dijo que se le había descompuesto el Fiat. Eso quedaba del otro lado de Resistencia, rumbo a Corrientes. Encendió un cigarrillo, esperó unos minutos, prohibiéndose pensar, y arrancó y fue a su casa.

Las luces estaban apagadas. Su madre, desde su dormitorio, preguntó si era él. Dijo que sí, que no se preocupara; que el coche se había arreglado solo. Entonces se lavó la sangre, se cambió la camisa y el pantalón, buscó sus documentos, dobló un saco de hilo que llevó en la mano y recogió todo el dinero que encontró y los quinientos dólares que no había cambiado.

Regresó al coche y, al ponerlo en marcha, se preguntó si era cierto todo eso. Tardó unos segundos en arrancar, y cuando lo hizo profirió una serie de maldiciones.

A la salida de la ciudad, llenó el tanque de nafta, hizo revisar el aire de las gomas y salió a toda velocidad rumbo a Formosa. Ahora sí, antes del amanecer estaría en el Paraguay.

Epílogo

El hombre llega al otoño como a una tierra de nadie: para morir es muy pronto y
para amar es muy tarde.

ALEDO LUIS MELONI
Coplas de barro

Capítulo 24

Cerró los ojos y se retiró de la ventana. Ya no tenía sentido seguir huyendo. Él era un fugitivo de patas cortas. En cualquier momento vendrían a buscarlo y lo único que podía hacer, mientras tanto, era pensar. Pensar y recordar. Ni siquiera lamentarse.

¿Tenía de qué lamentarse? Sí, tenía, porque había perdido mucho. Había hipotecado su vida, y las deudas se pagan. Desde que empezara a estudiar Leyes, en París, lo había sabido. Ah, París, tan hermosa y refulgente, con ese Sena cadencioso, timidón, y esas riberas con los barquitos estacionados y sabios pescadores con pipas en la boca. Desarrollo, capitalismo avanzado, ecología, pulcritud. Y aquella infinita frialdad en la gente. Ah, París, con sus cúpulas y sus techos apizarrados trasladándose de los sentimientos a las postales. París. Tan diferente de esta ciudad achaparrada que ahora veía desde el octavo piso del Hotel Guaraní. Esta ciudad subdesarrollada, sucia, pero empecinada en su belleza colonial, en aquel tranvía amarillento y desvencijado que iba calle abajo y se perdía entre las tejas de una casa de, acaso, el siglo pasado.

Y el río allá, a lo lejos, intuido más que visto. Un río en serio, el Paraguay, como el Paraná. Casi como el Paraná. Ríos en serio, grandes, anchos, caudalosos, asesinos muchas veces, desbordados como la furia caliente de estas tierras. Carajo, encima ponerse melancólico a esta altura del debate, cuando uno ya se ha convertido, para siempre, en un proscripto. ¿Quién lo hubiera dicho? Pero para qué pensar más. La culpa había sido del calor, que incentiva las posibilidades de la muerte. Da variedad a sus formas. El calor averigua, parece, dentro de uno, y uno como que no se da cuenta. Pero produce muerte, esa cosa vieja, siempre renovada como los grandes ríos. Esa maldición.

Se sentó en la cama y bebió un trago de Coca-Cola que le habían traído, aguada porque el hielo ya estaba casi totalmente derretido. El calor se hacía insoportable y la parrilla del aparato de aire acondicionado, muda, era otra forma del subdesarrollo. Pero eso no era lo importante. Lo importante era esperar. Si hasta el miedo había perdido. Lo veía en ese espejo, frente a la cama, que le devolvía su propia imagen descamisada, semidesnuda, con ese lamparón en el cuello que le recordaba la pasión de Araceli, su mordisco, su succión. Un moretón que era un testimonio de lo que había sucedido, de lo que él había hecho.

Pero un testimonio efímero, se dijo, porque eso pasa, en unos días las marcas desaparecen; lo otro es lo que no sale, lo de adentro es lo que queda. No hay simulación posible para la tristeza profunda, porque la tristeza no deja moretones.

Ah, cómo quería morir en ese instante. Que viniese por ejemplo una especie de Catoblepas, ese monstruo imaginario de que hablaba Borges, un ser al que todo hombre que le ve los ojos, cae muerto. Si viniera en este momento y me mirara a los ojos. Le diría, acaso, «hola Catoblepas» y lo miraría. Sí, claro que lo miraría. Ahora sí.

Porque seguramente sería mejor que caer en manos de quienes iba a caer. Porque en cualquier momento llegaría un patrullero paraguayo, lo identificarían y lo entregarían a sus colegas argentinos. Ramiro recordaba la mirada del inspector Almirón, prometiéndole que volverían a verse. Sí, seguro, Almirón estaría del otro lado del río, en Clorinda, cuando los paraguayos lo entregaran. Un simple trámite. Y él sería el objeto, la mercancía.

Pero ¿por qué, carajo, tardaban tanto? Ya habían pasado dos días. ¿Qué esperaban?

No, en cualquier momento llegarían. Él debía limitarse a pensar y recordar. Y esperar. Él merecía todo eso. Con la muerte no se juega, ni con la brutalidad. Se pasmaba, todavía, recordando su desborde, la locura a que lo arrastró su excitación

155

por esa muchacha a la que ya nunca más nombraría... ¿Nunca más? No, mierda, nunca más.

Pensó en bajar, salir a dar una vuelta, comer algo. Pero no se atrevía. Entonces, caminó por la habitación. Algo le decía que acaso podía escapar y que era un estúpido si no lo intentaba. No, tonterías. O que todo podía complicarse aún más. ¿Más?, le preguntó al Ramiro que le devolvía el espejo. Sí, más, pareció decir el otro.

–No entiendo, no entiendo –repitió en voz alta–, me voy a volver loco. ¿Por qué carajo no vienen de una vez?

Regresó a la cama, encendió otro cigarrillo y se recostó para fumarlo. Entender. Al menos entender. Entender por qué y cómo su vida se había arruinado en sólo tres noches de calor, de aire tórrido. Carajo, pues porque había vuelto al Chaco, ¿no? Y el Chaco es tierra caliente, trópico, selva, monte, gente apasionada. Como ella. Ella sin nombre ahora, y el calor y la luna. Mala junta, se dijo. Y bebió un sorbo de la Coca-Cola y pensó en Paolo y Francesca, y en los pecados de la carne y en los daños al prójimo. «Pero yo ya no soy un prójimo; soy un proscripto, un condenado», se dijo, y se juró el segundo círculo, con Semíramis, con Dido, con Cleopatra y con Elena. Y evocó la bella interpretación de Denevi: Paolo un necio y presumido; Francesca muy Da Rímini, pero una verdadera holgazana sensual. Y Giovanni, el monstruo de la torre, un tierno enamorado. Él mismo era, en cierto modo, un Giovanni enamorado. Pero enamorado de la muerte. Y por eso merecía pasar del segundo círculo al séptimo, la región dominada por Minotauro y por Gerión.

¿Pero por qué no venían a buscarlo? Debía ser cosa de ese hijo de puta de Almirón. Y mientras tanto, el tránsito al séptimo círculo se demoraba. Faltaba mucho para eso, mucho, porque era muy joven y habitaba una tierra de nadie. El Paraguay era una tierra de nadie; y Asunción; y ese hotel; y el Chaco y la Argentina. Tierra de nadie: donde para morir es muy pronto y para amar es muy tarde. Ésa era su condena.

No importaba que lo pasaran por «la máquina». Eran poco los interrogatorios, las bofetadas que recibiría. Ni siquiera era castigo el escándalo, el ensañamiento social de cierta gente mediocre y mezquina que lo maldeciría un tiempito, mientras fuera noticia, hasta que todos olvidarían y cambiarían de tema, estupidizados por el calor. El otoño traería los preparativos para las nuevas cosechas. Después vendría la siega del algodón, la esperanza de su tierra. Y los militares continuarían en el gobierno. Y los Gamboa seguirían teniendo todo controlado. Todo eso era poco: la verdadera condena era no ser sumergido inmediatamente en las lagunas de sangre del séptimo círculo; era no sufrir los dardazos de los centauros cada vez que quisiera erguirse. La condena era ser joven y estar vivo, y no poder morir ni amar, en esas tierras de nadie.

En ese momento sonó el teléfono, y saltó de la cama. Finalmente llegaban a detenerlo. Descolgó el aparato. Era el tipo de la conserjería.

–Señor: aquí lo busca una señorita.

Ramiro apretó el tubo, conteniendo la respiración. Miró por la ventana, negando con la cabeza. Luego miró la Biblia que estaba sobre la mesa de noche y pensó en Dios, pero él no tenía Dios. No lo había. Sólo había, entonces y para siempre, el recuerdo de la luna caliente del Chaco, instalada en un pedazo de piel, la piel más excitante que jamás conocería.

–¿Cómo dice?

–Que lo busca una señorita, señor, casi una niña.

Nueva York, marzo de 1982
México, D. F., enero/febrero de 1983

Índice